W0335836

COURS SUR LA RIVE SAUVAGE

Le roman met en scène un jeune homme, Iven Zohar, sur le point d'épouser la femme qu'il aime, Radia. Un cataclysme le prive de son mariage et sa promise disparaît. Iven part à sa recherche et croit, un temps, l'avoir retrouvée. Mais la femme qui a toutes les apparences de Radia est en réalité Hellé, une sorte de démon qui, pour le subjuguer, lui apparaît sans cesse dans une atmosphère de charme puissant. Iven n'en finira plus dès lors de perdre et de retrouver une Radia qui semble destinée à rester à jamais insaisissable…

Publié en 1964, *Cours sur la rive sauvage* peut en grande partie être considéré comme une suite à *Qui se souvient de la mer* (paru en 1962). Cependant, là où Mohammed Dib avait choisi, pour *Qui se souvient de la mer,* une écriture réaliste, dans le cadre d'un roman d'amour politiquement engagé, c'est dans un versant plus onirique et métaphorique que s'inscrit *Cours sur la rive sauvage.*

Un voyage initiatique à travers un monde ambigu où la réalité de l'amour apparaît comme un espace aussi difficile à saisir et à déchiffrer que celui de la parole, de l'écriture.

Mohammed Dib est né à Tlemcen, dans l'ouest algérien. Ville natale à laquelle il rendit hommage dans sa célèbre trilogie : La Grande Maison *(1952),* L'Incendie *(1954) et* Le Métier à tisser *(1957). Instituteur un temps, puis comptable, traducteur, journaliste à « Alger Républicain » et pour le compte de l'organe du Parti communiste « Liberté », il est finalement expulsé d'Algérie en 1959. Il s'installe en France et commence sa carrière littéraire. Il est le premier écrivain maghrébin à recevoir, en 1994, le Grand Prix de la Francophonie. Et celui dont Aragon disait : « Cet homme d'un pays qui n'a rien à voir avec les arbres de ma fenêtre, les fleuves de mes quais, les pierres de nos cathédrales, parle avec les mots de Villon et de Péguy ». Il est mort chez lui, à La Celle-Saint-Cloud, le 2 mai 2003, à l'âge de 83 ans, laissant derrière lui quelques-unes des plus belles pages de la littérature algérienne.*

Mohammed Dib

COURS SUR LA RIVE SAUVAGE

ROMAN

Éditions du Seuil

TEXTE INTÉGRAL

ISBN 2-02-081324-6
(2-02-001019-4, 1re publication
2-02-004779-9, 1re publication poche)

© Éditions du Seuil, juin 1964

Le Code de la propriété intellectuelle interdit les copies ou reproductions destinées à une utilisation collective. Toute représentation ou reproduction intégrale ou partielle faite par quelque procédé que ce soit, sans le consentement de l'auteur ou de ses ayants cause, est illicite et constitue une contrefaçon sanctionnée par les articles L.335-2 et suivants du Code de la propriété intellectuelle.

www.seuil.com

Nous partîmes.

Dragons remuant le fond de l'avenue, des eaux et des nuées envahies de mouettes attaquaient, sans l'atteindre, l'or du ciel tendu au-dessus de nous et au-delà d'arbres, de jardins profonds, mais dévoraient les hauteurs, les villas, les rares passants qui s'éloignaient ou se rapprochaient sur des lignes infinies. Nous nous réfugiâmes dans une forêt où les chemins s'entrecroisaient sans trouver d'issue, puis nous revînmes vers la perspective balayée par la charge des vagues. Nous débouchâmes sur un monde de flammes.

Dans notre dos, un trolley hexapode grogna. Il nous frôla et aussitôt ouvrit la voie. Nous nous élançâmes. Il ne fallait pas le manquer : c'était le dernier que l'unique heure inscrite au cadran nous aurait permis de prendre. Il était déjà parvenu à l'arrêt, des gens en descendaient. Suspendue à mon bras, Radia sautillait sur ses talons. Je serrais le coude contre mon corps pour lui offrir plus de prise. En se soulevant, ses cheveux me frappaient au visage.

Le trolley démarrait. Le premier, je sautai sur la plateforme et dans le même élan attirai Radia, qui retomba à mes côtés en riant.

Le départ la jeta contre moi. Elle amortit le choc de ses mains, continua à rire en s'agrippant à mon poignet tandis que le véhicule prenait de la vitesse.

Je portai mes regards sur la pochette qu'elle serrait dans sa main gauche.

– Ne crains rien, murmura-t-elle.

Elle sourit et elle ajouta, les yeux tournés ailleurs :

– C'est la première fois que je me marie. Ces anneaux-là, je ne les perdrai pas.

Il monta en moi un cri de reconnaissance.

Hommes et femmes autour de nous avaient un air de témoins de pierre. Le bras à demi levé, Radia tenait le sac devant elle. D'arrêt en arrêt, l'hexapode descendait vers le centre.

Je commençai à éprouver une certaine appréhension et seule la présence de Radia m'empêcha d'y céder.

« Pourquoi ? Il n'y a aucun danger nulle part ; tu n'as rien à craindre. »

Et le trolley ne roula plus, le monde s'épaissit, eaux et nuées me cernèrent d'un tourbillon, éteignirent mes sens, préparant, vertigineuse, la vague qui ne se retirerait pas, qui m'emporterait. Je serrai les paupières. Je les rouvris. Il roulait toujours.

« Tu ne diras pas, tu ne diras pas tout ce que tu attends, ni ne diras ce que tu poursuis. »

Était-ce la parade la plus efficace ? Celle qui me protégerait ?

« Tu ne diras pas, tu ne diras pas tout ce que tu attends... »

Les lumières avaient comme mûri ; flamboiement des arbres dans les jardins ; brasiers répandus sur la ville.

J'adressai alors un sourire d'adieu à des ombres, à une maison. Je venais de les reconnaître du fond de la brume qui m'habitait. Un abricotier étalait ses branches dans le patio et, d'un angle, grimpait une vigne jusqu'à la terrasse, d'où elle balançait ses branches au-dessus de votre tête. Mon père et ma mère se tenaient là, près et loin l'un de l'autre. Pourtant ni l'un ni l'autre n'ouvrait la bouche. S'y résoudraient-ils à la fin ? Je prêtais l'oreille. Puis je compris. Ils avaient déjà parlé. À quel moment ? Je ne le savais pas, je ne le savais plus. Il y avait longtemps, sans doute.

Sur moi, un vent froid souffla. Les ombres surgies d'une ancienne cité s'estompèrent ; elles ne laissèrent que les flammes de la mer danser devant mes yeux.

Dévalant vers cette mer entrevue, la ville pirouettait sur un pied. C'était une ronde d'édifices, de jardins hérissés d'arbres et profilés sur la réverbération de la baie. La mer, elle, dans une plus large rotation, rassemblait ce qui persistait de lumière.

Nos compagnons de voyage, les prunelles mortes, côtoyaient le néant. Que pouvaient bien penser ces témoins, de Radia, – de moi... et de tout le reste ? Ils ne connaissaient pas le chemin que nous parcourions sous leur regard. Et s'ils s'en faisaient une vague idée, il n'était guère celui que leur destin les avait habitués à suivre...

Je ris à cette pensée.

Radia répondit à mon rire par un autre rire.

Au-dessus de nous, le ciel de septembre frémit.

Je posai de nouveau mes regards sur elle : absente... Ce fut une inconnue que, troublé, je surpris. Une femme solitaire se dressait en face de moi.

J'avançai à tâtons.

Cette femme perdue n'était pas Radia. La substitution avait dû être si prompte que personne sur le moment ne s'en était avisé, et pas plus moi que les témoins.

Je restai un instant recroquevillé et aveuglé. J'ignorais de quel côté chercher.

Avec précaution, je réfléchis :

« Qui la délivrera ? Qui affrontera le mystère ? Qui conjurera le malheur ? Moi ?

... Je saurai la retrouver, nous remarcherons côte à côte... »

J'eus envie de lui communiquer mes pensées. Je m'en abstins, flairant ce que cela présentait de risques.

« Je lui en ferai part, une fois que... »

Je comprenais, et je refusais de comprendre. Ce n'était pas la séparation qui avait ouvert cette brèche entre nous. Pas seulement. C'était aussi la manifestation de l'apparence.

« Parviendrais-je, soutenu par mon amour, à détruire le miroir qui me sépare d'elle ?

... Nous retrouverions-nous, passé ce moment ?

... Serais-je détruit moi-même ? »

La ville vacillait. Elle errait. Mon regard ne rencontra sur la plateforme et à l'intérieur que des visages de schiste. Qu'elle fût d'homme ou de femme, c'était la même expression usée. Ces faces ne proclamaient que le désir de mourir ou le désir de tuer. Je profitai d'une secousse et me rapprochai de Radia pour me préserver du froid qu'elles propageaient.

Au même instant, le feu de l'air, de la mer, et de la ville se désagrégea. Il fit gris. Le monde se mit à tomber en poussière.

J'observai les témoins. Ce que je vis : des statues carbonisées rejetées par le désastre du crépuscule. Et, toutes, muettes.

« Bientôt », avait-elle dit.

Je consultai ma montre. Il s'en fallait d'un rien que les aiguilles ne parviennent au seul chiffre marqué.

Radia leva les yeux vers moi. Un sourire à peine esquissé détendait ses traits. Je lui serrai le bras.

Je fus repris par mon tremblement ; je me raidis et me forçai à exprimer les premiers mots qui me passèrent par la tête :

– On y va ?

Elle, inclinant la tête vers ma poitrine :

– On y va.

Le trolley oscilla au coup de frein. Quelques personnes descendirent, et nous aussi.

Toute une foule de gens s'affairait aux derniers préparatifs de la cérémonie et se souciait peu de moi. Rares y étaient les personnes que j'aurais pu nommer, faut-il dire. Elles-mêmes paraissaient considérer que moins les époux compteraient et plus la célébration revêtirait de l'importance. Aucune donc ne m'honorait de sa compagnie. Je laissais faire : il dépendait d'elles de m'accorder ou non quelque intérêt. Il s'en trouvait certes qui s'approchaient parfois, me dévisageaient en silence puis hochaient la tête. De la commisération, ils me témoignaient de la commisération. En un jour pareil. Je me disais : « Ils se trompent, comment ne le comprennent-ils pas ? »

Il entrait encore et toujours plus de monde. Il s'en glissait jusque dans la salle tendue de tapis de velours feu où l'on m'avait installé. D'autres salles, toutes semblables, semblablement décorées, prolongeaient celle-ci. Elles ne pouvaient déjà plus contenir un invité. L'apparition de la mariée, qu'on surveillait, annoncerait le début de la cérémonie arrêtée dans ses moindres détails. (Ces détails, nul ici n'avait jugé utile de m'en entretenir. Je ne décelais que le soin avec lequel tout avait été mis en place.) Elle libérerait aussi ces curieux de leur attente.

Soudain j'eus comme le pressentiment, la mariée qui pénétrerait en ce lieu étant Radia, que tout se déroulerait autrement que prévu. Même si les choses s'ingéniaient à se présenter sous leur aspect habituel ; même si, le sachant et complice, la foule essayait de me donner le change. Ils iraient, ces bons apôtres, jusqu'à faire passer Dieu sait quelle femme pour Radia. Pourquoi n'agiraient-ils pas de la sorte ! Non, la véritable question serait l'inverse : pourquoi agiraient-ils de la sorte ? Par crainte. Radia, j'en étais convaincu, inspirait une terreur irraisonnée à tous ces anonymes ; ils auraient été tentés de reconnaître à sa place n'importe qui à seule fin de n'avoir pas à admettre, et à cautionner, un événement insolite arrivant en leur présence. Restait évidemment à découvrir la raison de cette peur qui de proche en proche assiégeait les invités.

Bien qu'avertis d'une menace, dont ils ignoraient la nature, ceux-ci n'en continuaient pas moins à brûler d'impatience ; l'émotion, l'incertitude agitaient leurs rangs. La fête était préparée dans les moindres détails, disais-je ; mais tout demeurait en suspens.

La rumeur annonciatrice parcourut les premières salles, déferla. Puis elle retomba. Les personnes présentes autour de moi s'immobilisèrent. L'événement qu'elles redoutaient les prenait visiblement au dépourvu. Ce qu'on notait ici avait dû se produire dans les autres pièces. Radia arrivait.

C'était elle, et pas une autre ; je ne m'étais pas trompé.

Elle ne tarda pas à faire son entrée dans la salle d'apparat et je saisis ce qui avait frappé les premiers à l'avoir aperçue. Une blanche incarnation de la puissance. Telle, elle leur apparut, et telle, je la voyais aussi. En levant simplement les yeux sur elle, en rencontrant ses regards, on eût redouté d'être réduit à rien. L'excès de flamme renfermé dans son corps si mince la traversait en la faisant rayonner.

Les invités, pétrifiés, avaient tous tourné la tête de côté.

Elle ne fit cas d'aucun d'entre eux ni remarqua leur attitude. Elle me souriait de l'air le moins cérémonieux qui fût.

Une escorte de six hommes affublés de salopettes l'avait suivie et se tenait à quelques pas derrière elle. Aussi imprévue que semblât cette compagnie, je sus qu'elle était indispensable, que Radia n'eût pu venir sans elle.

Malgré son sourire, elle gardait une expression grave. Elle ébaucha bientôt un signe de la main et l'un de ses suivants s'approcha, lui présenta une boîte faite d'un métal vert dont il souleva lui-même le couvercle. Radia en retira quelque chose qui vrilla l'air : une aiguille de lumière, eût-on dit. S'avançant alors vers moi, sans violence mais avec décision, elle me l'enfonça dans la poitrine. Le choc que je reçus – la surprise aussi – me coupa la respiration. J'attendis l'éclair de douleur qui n'allait pas manquer de me déchirer... Il ne vint pas.

Je voulus m'élancer, contenir son bras... Pour quelle raison me transperçait-elle ? Était-ce ainsi qu'elle concevait notre mariage ? Mais avec la même tranquille résolution, elle replanta son harpon sous mon sein gauche, coupant court à mes velléités de protestation. Elle me donna cinq coups consécutifs. Cinq étoiles de sang s'ouvrirent en cercle sur ma poitrine. Cela accompli, elle se retourna vers l'homme en salopette qui tendait toujours sa boîte ouverte. Elle replaça dans celle-ci l'instrument dont elle venait de se servir.

C'était inutile d'invoquer le secours des gens qui m'environnaient, et je n'y songeai même pas, à supposer qu'aucun d'entre ceux-là eût eu la témérité de lever le petit doigt pour ma défense. Défaillant, j'observais toujours l'être dont j'attendais tout. Je ne comprenais pas le sens de cette aventure.

Comme si Radia avait lancé un ordre muet aux cinq autres personnages de sa compagnie à ce moment, chacun d'eux vint imposer la main droite sur mes plaies et emporter mon sang sur lui. Elle se remit à me sourire. Je m'en remplis les yeux, pensant : « Elle m'a frappé de son arme. Je connais son signe à présent. Je le reconnaîtrai toujours. »

Suivie de son escorte, elle repartit ; elle me laissa seul avec ces étrangers. Le bruit de ses pas décrut rapidement à travers les salles, remplacé au fur et à mesure par le brouhaha de la foule des invités qui se réveillaient, revenaient à la vie. Dès lors, on s'empressa autour de moi, on me soutint. J'avais grandement besoin de l'être. Je me sentais aller et me serais effondré sans force si des mains secourables ne m'avaient rattrapé. Mais je m'en serais bien passé.

Quelqu'un s'écria :

– Il n'est pas permis de se conduire ainsi.

Un autre, à mi-voix, railla ma pusillanimité. Mais sauf celui-là, tout le monde me plaignit, déplora qu'un tel traitement m'eût été infligé. On me transporta vite sur le lit nuptial où l'on m'étendit. Ce fut là que j'entrevis leur erreur et ce qui allait en résulter. Levant le bras, je leur imposai silence et je déclarai d'une voix forte :

– Vous êtes venus pour célébrer mon mariage et non mes obsèques.

Ils se regardèrent, stupéfaits de l'avoir oublié. Un vent d'allégresse souffla sur l'assistance ; la fête commençait. Chacun s'y jeta avec enthousiasme, y alla de sa chanson. La musique commandée là-dessus, on dansa. À partir de cet instant, une atmosphère de kermesse régna. Les musiciens pris au jeu exécutaient des airs endiablés et presque grotesques à force d'entrain. L'effervescence atteignit son comble lorsque, le repas en plusieurs services achevé, les réjouissances eurent repris. De mon lit surélevé, j'assistais à cette explosion de joie et me disais que mieux valait qu'il en fût ainsi, qu'aucun invité ou aucune invitée ne se doutât de rien. Ils n'étaient peut-être pas dupes, ils préféraient peut-être dissimuler leur inquiétude et se prêter à cette comédie, eux aussi. Quoi qu'il en fût, la fête se poursuivit dans l'insouciance, la bonne humeur. Il y en avait qui étaient déjà ivres. Des danseurs venaient virevolter près de mon lit. Ils me scrutaient avec curiosité puis reculaient, effrayés sans conteste par la vue de mes blessures. D'autres les remplaçaient sur-le-champ. Quelques-uns même apportaient de pleins verres de liqueurs, tentaient de me faire boire. Mais il n'était pas de boisson que je fusse en état d'avaler. À la fin, de nombreuses personnes m'entourèrent et, d'un mouvement concerté, me soulevèrent. Me maintenant dans la position allongée, tel un gisant, elles s'en furent me promener de salle en salle.

Applaudissements, hourrahs, ioulements. On ne saurait rien imaginer qui se puisse comparer au délire avec lequel mon passage fut accueilli. J'eus conscience à cette seconde de l'événement insoutenable pour la raison qui se préparait, je sentis son imminence. Je ne savais quelle détermination adopter mais me voyais dans la nécessité d'en prendre une. Je prononçai à haute voix le mot : « Hellé ».

Ces syllabes n'avaient pas plus tôt effleuré mes lèvres que les murs des salles s'effondrèrent avec un long grincement. De toutes les gorges, un cri jaillit, remplit l'espace et ne se répéta plus. L'assistance se trouva dispersée, ou engloutie par les crevasses qui s'étaient ouvertes autour de nous.

Lâché par mes porteurs, je sautai à terre. Il n'y avait personne devant moi. La pénombre noyait les galeries. L'air qu'on y respirait n'était pas vivant, ni de ce monde ; il soufflait d'un monde invisible qu'on n'eût pas cru tapi si près du nôtre. C'était encore un de ces pièges qui n'en finissent pas de nous guetter. Irritées ou paraissant l'être, des formes blanches, étirées, décrivaient dans l'air des cercles rapides. Si elles ne faisaient que cela ! Elles lançaient des glapissements jamais entendus. Du premier coup, je devinai à quoi j'avais affaire. C'étaient des takas. Il n'y avait qu'eux pour accourir en de pareilles circonstances, pour pousser de ces cris. On ne pouvait s'y méprendre.

C'était le naufrage.

Une cassure irréparable disloquait la ville familière, hermétique, que nous avions élevée autour de nous, que nous croyions avoir apprivoisée. Sans désemparer, les puissances qui veillaient sous ses murs faisaient irruption, proliféraient ; sans désemparer, elles la désarticulaient et la tordaient. Le sceau était rompu.

Des signes, des avertissements : il s'en accumulait depuis longtemps, aucun ne nous avait échappé. Mais ils étaient avertissements et signes de quelque chose que personne n'avait été capable de déchiffrer ou de prévenir. Lorsque les présages se mettent à parler d'ailleurs, n'est-il pas trop tard, les puissances ne sont-elles pas déjà à l'œuvre ?

Qui devait mourir et qui, survivre ? Question futile.

C'en était fait de la ville, de ses habitants. Et pour ceux qui resteraient allait commencer une vicissitude pire ; l'invasion dont nous venions d'être les victimes n'admettait pas la mort.

... Radia avait l'air de ne plus se soucier de moi ni même de me connaître. Je n'avais pas à me demander d'où elle sortait : il me suffisait qu'elle fût là. Prenant seulement garde de la perdre de vue, je la suivais à une certaine distance. Elle allait de l'avant, fendait la foule démente : souverainement, elle, et moi, avec les plus horribles difficultés. Cette multitude hallucinée, l'égarement sans fin des tunnels, *l'autre* (la ville étrangère), nous cernaient comme un brouillard. *L'autre* (la ville étrangère) avait déjà en grande partie démantelé notre métropole. Des devantures échappées par miracle à sa férocité – pour un bref laps de temps – illuminées, brillaient encore, éclairaient sans interruption, parfois des rues entières. Mais combien inutiles étaient ces lumières mortes dispensées à flots à des ruines, à des débris de vie ! Vides ou verrouillés sur leurs cargaisons de passagers, de longs tramways, des autos, aussi superflus, continuaient à rouler à toute allure. Leurs berlines sombres se télescopaient sans jamais se heurter. Ils voyageraient sans doute ainsi à perpétuité. (À moins que *l'autre* n'achevât d'effacer les traces de notre ville.) Par moments, à leur tour, les files des vitrines se réveillaient, elles se transformaient en d'éblouissantes rames précipitées dans une course folle, et c'était notre cohue qui piétinait alors.

... Elle ne cessait de s'éloigner, la distance grandissait entre nous. Je me hâtais, je courais presque. Elle disparaîtrait et je ne la verrais plus.

Sur l'agonie de la cité, les lampadaires brûlaient d'une flamme égale. Il en surgissait d'autres, de nouveaux, plus nombreux, du chaos. Entre leurs globes, les takas exécutaient de tremblotants paraphes, des vols de luciole. D'instant en instant, nous autres, la foule, nous nous perdions un peu plus dans notre inconsistance. Ombres, nous nous traversions les uns les autres, nous nous multipliions, nous dissociions, mécaniques, absents, et vivants encore, pitoyablement vivants.

Sa silhouette diminuait sans recours et je n'en pouvais plus. Je luttais et je n'avançais pas.

J'y renonçai. Je me soumis à la sournoise paix qui fondit sur moi. Je voguai les yeux fermés au sein de cette fausse multitude et m'endormis sans remords. De toute façon, il fallait en suivre le cours. Je ne prenais pas la peine de contrôler mes souvenirs : je n'avais plus besoin de voir ou de penser.

Lorsque, las de ce sommeil sans poids, je me décidai à regarder où j'avais été poussé, Radia était là qui me précédait. Guère plus éloignée, guère plus réduite qu'avant. Constatant cela, je refermai les yeux.

Être d'ombre, de reflets, glaive vite brandi, vite rengainé, sphère, sphère de feu qui tournoyait : elle était partout présente. Présente à la fois dans l'air noir, et mêlée à la turbulence des takas. Et se faisant nuit. Se faisant sommeil. Se faisant veille. Dense. Dense et multiple, puis indéterminée et attirante et repoussante.

Sur les fondations de l'ancien centre de notre capitale, moi qui allais, un parmi les rescapés du cataclysme, au cœur des ténèbres, je lui devenais pourtant de plus en plus un étranger. Quand je dis : *allais,* ce n'est qu'une façon de s'exprimer.

C'était la ville qui marchait et nous engloutissait. Ni déviation, ni écart : tout imprévu nous était épargné.

(Ce ne devait pas être la hantise de perdre Radia que j'éprouvais quoique aucune tentative de m'en rapprocher davantage n'eût eu la moindre chance de réussir. J'avais vaguement conscience qu'elle me servait même de guide. L'eussé-je donc voulu, j'aurais sans doute été incapable d'échapper à l'attraction. Je ne le voulais ni le souhaitais ; de tous les habitants, il m'était échu à moi seul le privilège de tomber sous la protection d'une étoile : je tendais mes regards vers elle et n'essayais de me retourner ou de mesurer le chemin parcouru sous aucun prétexte. La proximité cependant n'atténuait pas le sentiment d'exil.)

La curiosité me prit de jeter un coup d'œil à ma montre. L'unique chiffre que portait le cadran avait disparu ! Ne plus se retourner...

Roulé, évidé par la ville dévoreuse, je me sentais poreux, et *blanc,* moi aussi. Je ne me retournerais pas.

Une opaque marée naissait de la confusion des deux cités dont l'une déglutissait l'autre. À chaque pas que j'accomplissais, il en émergeait des quartiers détachés charriés par le courant. Je n'avais pas la force d'échanger un regard avec les naufragés qu'ils emportaient. Autant que l'on pût en juger, ils n'étaient qu'engourdis, ils avaient été pétrifiés, les yeux ouverts. Des visages de femmes aux contours nets affluaient quelquefois, séparés des corps, sur l'un ou l'autre de ces blocs migrateurs et me considéraient avec une sorte de stupéfaction avant d'être réaspirés par l'obscurité. Pendant un moment, j'en retenais la vision fugace, je m'efforçais de voir vers quoi se dirigeaient ces visages durs et doux aux yeux brillants mais qui ne reconnaissaient rien, vers quelle source ils remontaient. Ils ravivaient en moi une blessure qui saignait sans s'ouvrir.

Radia marchait toujours devant moi.

La ville fouisseuse écartelait avec des grincements aigus notre cité éclairée en partie encore. Elle s'introduisait à un rythme rapide, hoquetant. Des objets oblongs sortaient de la nuit, ils poussaient tout devant eux. Agglutinés, les témoins survivants s'entassaient contre les murs et les vitrines. Me pressant, ils me rendaient, il est vrai, la marche aisée ; mon corps porté se trouvait libéré de tout effort.

Je me laissais entraîner, me disant :

« Jusqu'au bout. Jusqu'au bout. Jusqu'à l'épuisement de la dernière parcelle de feu jaillissant en moi. »

Une des premières de l'automne, cette dernière nuit vécue par notre ville avait apporté sa fraîcheur, donné à l'air un grain serré, et maintenant c'était fini. Elle était retournée à une autre nuit : celle, vorace, de l'invasion.

Des remous saccadés contractèrent brutalement notre cohue : quelque chose me prévint que nous étions arrivés. Je m'arrêtai. Arrivés où ? Il n'y avait que chaos et ténèbres.

– Vous êtes parvenus au Centre.

L'espace avait proféré et répercuté ces mots autour de nous. La ville envahisseuse les émit ensuite à l'imitation d'un message, les répéta à plusieurs reprises pour que nul ne les ignorât.

Je patientai, ne sachant comment pousser plus loin, cherchai Radia ; que faisait-elle ? Elle ne m'abandonnerait pas après m'avoir conduit jusqu'ici.

Je n'attendis pas longtemps ; ce fut elle qui me rejoignit. Il n'y eut qu'un frôlement et j'éprouvai une sensation de présence. Elle me fixait.

Sous la violence de son regard s'amorça pour moi une chute sans fin. L'éclat de ses yeux s'intensifia ; tout disparut à l'entour. Lentement – le temps ne comptait plus – elle m'accompagnait dans la chute. Peu à peu, comme s'étirant, elle souleva le bras droit, me montra le sac noir qu'elle tenait toujours serré dans sa main. D'un geste indéfiniment retardé, elle l'ouvrit. Elle y prit un objet dont je ne discernai que les rayons qui me le cachaient. Elle le haussa entre le pouce et l'index. Je distinguai de quoi il était fait : c'était un anneau ; mais double : avec un second, placé en croix à l'intérieur. L'ensemble présentait la forme d'un globe. Une perle de lumière – sorte de soleil – dont la nature, le sens et le pouvoir me demeurèrent inaccessibles scintillait au centre. Elle ne cessait de se dilater et de se resserrer. Elle était vivante, elle semblait respirer, elle répandait un froid aigu. Avec la même lenteur, Radia éleva le globe vibrant jusqu'à mon front. Elle traça un signe. Une longue attente suivit. Je me sentis pénétré, libéré, par une douce chaleur. Une espèce de frémissement me parcourut le corps.

Le pressentiment que la chute allait prendre fin me saisit. J'eus peur.

Il ne se passa rien d'anormal. Je touchai terre dans un choc amorti. Radia se mit à reculer, insensiblement pour commencer, et en me faisant face ; – mais quand j'essayai de la suivre, je butai contre un mur invisible. Je fis encore un pas : aucun effort ne fut assez puissant pour me permettre de franchir le second pas. Radia s'éloignait, je la voyais partir. Je devins brûlant.

Elle continuait à reculer en me couvrant du regard. Je considérai son visage rayonnant. Je jugeai que c'était la fin. Ses mains ne tenaient plus le globe d'anneaux, – nos anneaux ; ni le sac. Elles paraissaient sereines comme des mains ayant accompli le geste qui lie et qui libère.

Puis elle me tourna le dos, poursuivit son chemin. Du coup, je n'éprouvai plus qu'une envie : traquer, retenir du regard sa silhouette. Au bout de quelques instants, un espoir insensé m'envahit. Elle s'était immobilisée comme si elle se rappelait quelque chose ou qu'elle renonçât à me quitter. Et je la vis revenir sur ses pas. Je souhaitai mourir pour ne plus rien connaître après ce bonheur.

En rebroussant chemin, elle avait l'air de surveiller du coin de l'œil tous les témoins, en attente aussi. Il me fallait rester calme, garder mon sang-froid. Il me fallait éviter de faire un geste, de bondir vers elle. Elle venait dans ma direction. Je ne devais pas la regarder ou avoir l'air de la reconnaître. Elle ne devait pas compter plus que n'importe quelle autre femme de cette foule. Nous allions nous retrouver face à face. Un pas, deux pas, trois pas... Je pouvais marcher. Elle arrivait sur moi. Elle arriva. Elle ne s'arrêta pas. Marquant une légère hésitation, elle passa à ma droite, revint sur ma gauche. Elle exécuta encore un plus large cercle. Elle repassa en courant. Elle effleurait à peine le sol de la pointe de ses pieds. Elle fit un autre tour plus étendu que le précédent. Elle contourna de hauts immeubles fracassés. Elle traversa une rue disloquée qui la déroba à ma vue pendant une fraction de seconde. Elle traça un cercle plus grand encore. Je ne la vis pas refermer entièrement sur moi ce dernier cercle. Je criai de toutes mes forces :

– Pardon !

D'un magasin que je reconnus pour être un Monoprix désaffecté partit un cyclone de lumière où tout s'anéantit. Dans le vide noir, absolu, qui s'était fait, les dernières traces de vie s'éteignirent...

Le Monoprix resurgit promptement du fond de cette nuit, incandescent. Des messages ou des appels en code en jaillissaient. On ne pouvait savoir si cette voix réclamait une réponse, qui ne venait pas, ou si elle était en train de communiquer avec d'autres voix. C'était au-dessus de ma compréhension. Ces signaux eux-mêmes se turent. Le brasier se mit progressivement à s'élargir.

Pendant qu'il se répandait dans l'obscurité, une pensée se forma et se formula hors de moi : « Le moment est venu. » Le silence se prolongeait.

Puis l'espace s'étoila de milliers de points brillants hérissés de dards. Avec un parfait ensemble, ces minuscules soleils vinrent se placer, chacun devant l'un de nous. Avec le même ensemble, ils explosèrent. Je titubai et en oubliai Radia. Il n'y eut pas alors que la ville, ou ce qui en subsistait, qui fut pulvérisé : l'espace bascula.

Une durée infinie doublée d'une énumération automatique se fit jour dans ma conscience. Je m'étais mué en un projectile filant à une vitesse libérée du temps. Je m'abîmai dans ce vol et cette énumération. Une détonation étincelait parfois dans le défilé vertigineux des chiffres ; – ou en moi. Un éclair. Deux éclairs. Trois éclairs... Ils étaient longs à s'allumer, longs à s'éteindre. Et des appels, des cris commencèrent à me parvenir : ceux de mes compagnons de voyage. Ils étaient très atténués, comme une rumeur. Des déflagrations provenaient des vestiges de notre ville qui achevait de se désintégrer.

Après... Je ne sais plus au juste ce qui se produisit. Une nouvelle sphère de feu m'accosta, je crois. Comme les autres, elle claqua, elle s'évanouit au milieu d'un immense éclat sans faire plus de bruit qu'un rire. Il y eut une pause. Puis des jets de lumière, silencieux aussi, lui succédèrent. À la même cadence que les signaux de code d'avant, ils ébranlèrent la nuit par volées et semblèrent être la juste réponse exigée par ceux-ci. Ils s'interrompirent à leur tour et de doux sifflements s'élevèrent. Ils étaient modulés sur plusieurs tons qui composaient une curieuse harmonie ; j'étais subjugué.

Là où nous nous trouvions, ce n'était nulle part, et il n'était guère possible de deviner où nous émergerions.

Les sons filés se transformèrent sans coupure en un mugissement qui fondit de toutes les directions. Ce bruit ne contenait pas de menace, sans doute. Et... Entraîné par le même souffle avec tous ceux qu'elle projetait ou attirait, *l'autre,* la ville-nova, m'apparut. Nous allions dans un seul sens, disposés en chapelet, vers elle. Des gueules noires, des ouvertures de tunnels percées dans un édifice si haut que ses combles se perdaient dans la nuit, ne furent pas longues à nous absorber.

La lumière se fit. J'embrassai d'un regard la vision qui affluait vers nous. Ces stridulations et ces lumignons qui avaient l'air doués de volonté, c'était *elle,* elle qui accourait dans un mouvement de ressac après avoir éliminé jusqu'au dernier grain de poussière de notre antique cité. Des artères s'ouvraient, elles glissaient et chantaient. Quelques-unes de nos compagnes de transfert éclatèrent en sanglots ; les hommes lancèrent des vociférations de joie. Je compris la jubilation de ceux-ci autant que l'émotion de celles-là : la ville-nova se matérialisant autour de nous était un havre, un lieu de répit. Je me surpris moi-même murmurant une prière pour qu'il en fût ainsi. Et pour toujours, si ce n'était pas trop demander.

Je glissai encore durant quelques mètres, je contournai l'angle d'une galerie voisine. J'arrivai vite à un carrefour et aperçus Radia à peu de distance. Je continuai d'avancer, mais il me fallut déployer d'énormes efforts pour placer un pied devant l'autre. Les yeux braqués sur elle, je la suivis. J'étais en train de m'engourdir, un malaise s'était emparé de moi, qui me lestait d'un poids...

Et puis j'eus de plus en plus de peine à décoller mes semelles d'un sol cotonneux. L'atmosphère s'émiettait en une neige charbonneuse. Tout au fond dansait une flamme claire ; l'air autour de Radia s'était embrasé. Un pas. Encore un pas. Mais de quel côté la rejoindre ? Droite, elle attendait, puis elle changeait lentement de place. Elle souriait d'ailleurs, tantôt près, tantôt loin sur les rampes du temps.

« Radia », avais-je eu envie d'appeler.

Mais j'y renonçai.

Dans la ville interdite et la nuit continue, un autre jour se mit à blanchir autour d'elle, à briller, sans échos, improbable et mortel. Je chancelai. M'appuyant à une paroi de la galerie, je la contemplai, haletant. Elle se trouvait dans un grand luna-park arrêtée, au milieu d'un vol délirant de flammes.

Tremblant, je voulus encore la rattraper. Je serrai les dents. Je recommençai à marcher. Mon corps fondait, l'ombre qui me dévorait m'allégeait. Je réduisis la distance qui nous séparait ; l'espace s'ouvrait de soi-même.

Dans une niche ardente, à peine habillé, se dressa un mannequin qui me regarda venir sans fin.

Je compris ce qui s'était passé. Je me retins de crier. Je ne pouvais avoir d'attention que pour cette lumière qui scindait Radia en deux personnes. Je ne pouvais surveiller que ce mannequin tout en craignant de le voir s'effondrer sur la face dès que j'aurais cessé de faire un pas de plus. Mes pensées dérivaient en même temps que la ville. Elles s'enroulaient ensemble, elles m'enlaçaient de leurs murs.

– Iven Zohar, qu'est-ce que tu as ? chuchota-t-elle à mon oreille.

Elle n'était pas arrivée devant, mais derrière moi. Était-ce la fin ? Je ne l'avais pas vu revenir.

– Je suis atteint, dis-je, je suis blessé.

– Viens.

Je luttai contre la faiblesse qui m'avait saisi ; je partis avec elle. Elle m'entoura la taille du bras.

– Marche, dit-elle simplement.

Cette ville qui m'avait paru un instant vouloir refermer ses anneaux sur nous s'élargissait, ses rues se déployaient, calmes, presque innocentes. Nous allions lentement. J'ignorais pourquoi il fallait marcher et quel but il fallait atteindre. Rien, personne ne nous attendait nulle part.

Quelle importance ? Radia était revenue. Elle m'avait ordonné de marcher. Je marchais.

Des passants se montrèrent. La ville était habitée ! On ne l'aurait pas cru. C'étaient des ombres indistinctes qui eussent pu être tout autre chose que des personnes. La rumeur montait toujours, là-bas, derrière nous. Nous continuâmes d'avancer, ne nous en préoccupant pas plus que si cela ne nous concernait pas. Où que cette marche nous menât et quelque abominable que mon sort se révélât, j'étais sûr de Radia au moins.

Les silhouettes que nous croisions se précisèrent. Environnées de lueur diffuse, elles brillaient. Cela leur donnait un air souriant. Bien qu'il fût difficile de distinguer avec netteté les traits de leur visage à travers la sourde radiation, ce n'était pas une fausse impression, que ce sourire : il errait sur toutes les figures rencontrées. Nous voyaient-elles ? Il ne semblait pas. Elles circulaient sans nous prêter attention.

Radia prononça :

– Les Vorasques.

Elle voulait certainement désigner ces gens, mais leur nom ni l'intonation employée par elle ne me permirent de juger s'ils représentaient un danger...

Elle n'ajouta plus mot, et je n'osai la questionner. Les Vorasques passaient, lumineux, sans nous regarder et, probablement, sûrement même, sans nous voir.

Radia *savait* où nous allions. Je me tournai vers elle dans l'espoir qu'elle me le confiât. Je m'aperçus alors combien cet espoir était vain. Tout dans son air décourageait la communication. C'était à croire que, dans cette ville, elle fût devenue une autre. Je laissai ma tête retomber sur ma poitrine ; plus aucune familiarité ne subsistait entre nous.

Nous bifurquâmes à droite sans changer de couloir. Elle s'arrêta peu après. Je m'arrêtai aussi ; moi, surtout épuisé par cette marche interminable. Je m'adossai contre une paroi ; elle resta à regarder au loin. S'attendait-elle à voir apparaître quelqu'un, se produire quelque événement ? La façon qu'elle avait de tendre ses sens le laissait supposer. Elle veillait peut-être simplement à ce que je repose, ou qu'il passât moins de Vorasques...

Après un parcours tout en sinuosités, un boyau sombre nous accueillit. Il nous conduisit vers une halle offrant une certaine similitude avec une gare de grand trafic ou un port. Ce n'était ni l'un ni l'autre, et encore moins les deux ensemble. Cela se perdait dans l'espace ; rien n'en déterminait la configuration ni les limites. Un va-et-vient d'objets volants ou flottants y régnait sans que nul bruit trahît l'intensité du remuement. Une sensation de réconfort me remplit pourtant à cette vue : je découvrais ce qui m'avait manqué jusqu'à cette minute. Le repos, la sécurité. Au milieu de cette espèce de gare d'un autre monde...

Je me disais : « N'importe lequel de ces engins sillonnant l'air peut me remporter chez moi, dans ma ville. Ma ville. Qu'en est-il advenu ? » Cette pensée qui me replongea dans le souvenir de mon existence antérieure réveilla ma souffrance. Pourquoi Radia m'avait-elle attiré ici ?

Il suffisait sans doute de s'embarquer dans l'un de ces appareils.

Quelque chose se mit à chanter qui, à la fois, m'enivra et me jeta dans un surcroît de tourment. Un culte, eût-on dit, se célébrait sous mes yeux.

J'en eus brusquement la certitude : Radia m'avait guidé vers ce lieu pour reconstituer mes forces. Mais du même coup, elle me plaçait devant un choix : la retraite immédiatement possible sur un mot de ma part – sans la garantie de son retour à elle, avec moi – ; ou la poursuite d'un voyage où je pouvais tout perdre ou tout gagner.

Des Vorasques guère plus nombreux qu'ailleurs déambulaient. Sans intention précise, aurait-on pensé à première vue. C'est qu'on ne remarquait pas les travaux d'approche de certains d'entre eux, tant leur façon de procéder était sournoise. Tous ceux qui flânaient dans les parages se livraient à une manœuvre identique. Aussi était-il presque impossible de s'en rendre compte, d'en être sûr. Trois ou quatre étaient déjà parvenus près de nous par de subtils glissements. Je n'y aurais vu rien de dangereux si Radia ne m'avait poussé vers une entrée de galerie. Les Vorasques avancèrent ensemble d'un seul élan, à ce moment-là. Et ils continuèrent à venir, lentement, patinant vers nous : statues rutilantes. Nous battîmes encore en retraite ; nous ne nous étions pas suffisamment éloignés.

D'un coup, toutes les portes, d'innombrables portes dont je n'avais pas décelé l'existence jusqu'alors, se refermèrent sur nous. Elles nous barrèrent la voie avant que nous n'eussions pu aller très loin. J'appuyai mon dos à l'un des battants qui s'étaient interposés devant nous, j'essayai de pousser. Nous étions bloqués.

Les Vorasques arrivaient à notre hauteur, vêtus de leur lumière sulfureuse. Radia me prit la tête dans ses mains et attira ma figure vers la sienne, m'empêchant de les suivre. Elle m'adjurait :

– Regarde-moi. Regarde...

Je plongeai mes regards dans ceux, impassibles, qu'elle fixait sur les miens et chavirai. Je ne reconnus plus rien, après, pas même elle ; mais Dieu sait quoi de semblable à un souffle me devint perceptible : cela s'engouffrait dans ma poitrine, – et surgie de loin, une autre Radia, qui ne se confondait pas avec la femme dont j'absorbais le rayonnement, qui n'apparaissait pas encore et qui n'apparaîtrait probablement pas du tout, une étrangère qui serait constamment à venir, ne cessa d'accourir vers moi, promesse et révélation différée dont le nom « Hellé » m'avait toutefois atteint.

– Je suis à toi ! Je suis ta femme ! entendais-je sa voix lancer de loin.

Je revins à moi, je repris pied dans la ville-nova, ne sachant s'il y avait eu un rapport quelconque entre cette voix, l'opération préservatrice de Radia, l'invisible approche de celle qui se nommait Hellé et le cheminement des Vorasques. Le battant auquel j'étais adossé avait roulé, la porte s'était ouverte ; la voie était dégagée. Les Vorasques passèrent. Ils nous frôlaient avec indifférence, sereins comme si aucune porte ou aucun autre obstacle n'existait.

L'un après l'autre, ils fondirent dans la nuit de la galerie où il ne flotta à la fin que la vagabonde luminescence de leur corps. Curieux qu'ils se fussent écartés si aisément de nous ! Un accablement incompréhensible s'appesantit sur moi malgré le sentiment de libération que j'éprouvais. À moins que... Non, mieux valait ne pas y penser. Radia, j'étais prêt à le jurer, m'avait sauvé, je lui devais d'être hors de danger. (Mais je ne saurais jamais la nature du péril que j'avais côtoyé.) Elle m'avait arraché à... Je...

Elle avait disparu, elle aussi. À l'instant où je sortais de ma torpeur, quand j'allais lui faire part de ma perplexité.

Je la cherchai. Le souterrain se lova autour de moi.

– Radia ! Radia !

Mes clameurs ne réveillèrent aucun écho. Elles furent étouffées par la multiplicité des replis qui m'enserraient.

Éperdu, j'attendis un moment, puis criai encore.

Soudain, une voix retentit sous la voûte.

– Tu peux marcher à présent.

La voix de Radia.

J'étais en proie à une illusion sans défaut. Je regardai partout à l'entour : il n'y avait personne. « C'est l'inéluctable suite du choix que j'ai fait à mon insu, tout à l'heure, de poursuivre le voyage, reconnus-je. J'aurais dû m'y attendre. »

Je demeurai cloué là, submergé par une consternation telle qu'un étourdissement me prit.

Il n'était plus question de revenir en arrière ou de capituler.

– Radia !

J'avais encore l'espoir de la ramener vers moi.

Je n'obtins pas de réponse.

Je marchai pendant quelque temps. Où aller ? Ma liberté m'était de seconde en seconde plus intolérable à porter.

J'avançai encore et, dès lors, je n'observai plus de pause. Il n'y avait de tous les côtés que couloirs, renfoncements, niches. J'examinais chaque chose comme si elle eût pu me fournir une indication sur le dessein de Radia. Tout avait un air farouche. Plus que farouche : irréductible. Jusqu'à la matière dont ce monde était constitué, qui était coulée en des formes raides et tenait de la pierre et du fer...

Je débouchai en haut d'une rampe qui descendait vers un port souterrain – ou couvert. Il ressemblait à cet autre port vers lequel Radia m'avait précédemment mené. La voie était libre devant moi, aucune aide ne m'était nécessaire.

Cet endroit se révéla être plus vaste que l'autre. Mais il n'y avait âme qui vive. J'y découvrais une sensation d'être hors du monde comme je n'en avais éprouvée nulle part. Un halètement irrépressible cognait en bas ; c'était parfois comme de l'air brassé par d'immenses poumons, et parfois comme quelque mer roulant ses vagues sur la grève. La même ronde muette d'engins volants animait l'air. Des constructions tendaient leurs structures décalées. Ici, d'autres lois présidaient à l'organisation de la vie. Des sphères, retenues à rien, piquées haut, trouaient l'atmosphère d'un éclat bleu qui ravivait l'éclairage diffus répandu uniformément. Mais plus haut, plus en arrière, dans un espace ténébreux, il en clignotait une infinité. Toutes traçaient une route qui paraissait aboutir à un monde lui-même hors de ce monde.

Briser le cercle fatidique, le traverser et repartir, ou bien y demeurer à tourner sur soi. Je devais choisir. Je résolus de continuer droit de l'avant. Entre des fonds noirs et des sortes de docks, j'espérais rencontrer un indice, un signe qui m'orienterait.

Tout à coup l'air trembla. Dans un sifflement qui était presque un chant, une sphère dépassant les autres en volume – à moins que ce ne fût un artifice propre au lieu – vint à ma rencontre. Elle fendit ce désert de constructions et s'arrêta au-dessus de moi avec une déconcertante promptitude. Elle avait détecté, reconnu une présence : ma présence ; je l'aurais parié. Elle se mit à descendre alors jusqu'à toucher le sol. Sans comprendre comment cela s'était produit, je me vis enfermé à l'intérieur de son globe brillant. Elle aspira objets et illuminations autour de nous-moi (j'étais disposé à la considérer, je la considérais, déjà, comme un être de raison) et de sa sauvage lumière me brûla jusqu'à l'âme.

Il ne se passa plus rien d'autre après. Je sus que je venais de quitter cette gare ou ce port, où j'avais longtemps erré, pour la cité-nova. De celle-ci, je n'avais décidément arpenté que des bases éloignées, des avant-postes, jusque-là.

L'éclat de la sphère avait diminué aussitôt déchaîné. Tombée à une vague luminosité, elle m'abandonnait devant la ville. Mon cœur battait sourdement. Suspendue en l'air, elle darda un nouvel éclair et s'évanouit.

C'est un édifice unique criblé de brèches, de cavités, de galeries, creusées dans la masse. Il forme un seul univers serré. Si peu que je me sois attardé à l'examiner, j'ai eu mal à la tête ; cela tient à toutes les forces qui y sont concentrées. Une multitude d'antennes le hérisse et ces cils vibratiles bougent sans qu'aucun souffle ébranle l'air.

Mais la ville-nova ne m'a guère accordé le temps de l'inspecter en détail. Elle s'est précipitée sur moi et elle ne me montre plus que son côté interne, son mouvement péristaltique dans un semblant d'immuabilité. Le passage d'une voie à l'autre, d'un étage à l'étage inférieur ou supérieur, d'une direction vers une différente, s'accomplit par un transfert sans heurt. L'oubli de l'effort me viendra. Le souvenir que j'en garde s'est déjà usé, il a perdu toute efficacité.

Je n'éprouve nul besoin non plus de savoir ce qui existe ou se passe ailleurs, – si tant est qu'il existe ou se passe quelque chose. J'ai été intégré, digéré, par la cité ; et je m'y fonds. Dès les portes indécises où elle s'amorce, toute garantie, toute liberté, toute identification, toute différence, se sont abolies. L'oubli ne serait pas le moindre mal.

Il faut l'explorer pourtant. Il le faut, pour absurde que cela paraisse. Pareille entreprise exigera des énergies ; elle sera surtout dépourvue de sens. Peut-être rêvé-je de retrouver Radia, ou ses traces...

À la longue, la nuit qui avait été pierre et fer ou un phénomène analogue, s'était dissoute ; une aube paralysée s'est levée, – un instant. Et la nuit est tombée de nouveau. Les lueurs insomnieuses éparpillées à travers l'édifice, après avoir vacillé un peu, se sont remises à luire avec force. La ville elle-même s'est démembrée et recomposée selon une ordonnance autre. La transformation ne m'est apparue que passé un laps de temps, et sa *perfection* m'a frappé. Perfection ? Ce n'est pas le mot. Il faudrait en trouver un susceptible d'évoquer la faculté chez les objets de prendre la tournure qui réponde à notre plus secrète attente, exprime connivence autant que défi. Car, pendant que le regard parcourt ces arêtes, ces plans superposés à des hauteurs et des profondeurs inévaluables, alternant avec des vides dont l'ensemble plus suggéré que marqué, béant comme la nuit, à l'air d'être fait de la même substance qu'elle, et que le trouble le cède à la fascination, aucun contour, aucune forme ou volume ne persiste dans sa disposition première : tous se résolvent en un agencement inédit, destiné lui aussi à se désagréger et à se reconstruire à court terme. Il n'y a rien d'effrayant ou de réellement saugrenu à ces perpétuelles métamorphoses.

Mais on sent la ville tendue et sur le point de rompre sous l'impulsion d'une puissance massive. Quelquefois elle est même foudroyée, arrêtée à l'une de ses éphémères apparences. Cette apparence heureusement ne dure jamais bien longtemps. Chaque nouvelle phase, chose curieuse, je suis prêt à jurer de l'avoir vue déjà. Où ? Quand ? Me le rappeler serait un tour de force.

Ce n'est peut-être qu'un piège. Elle ne m'incite à violer ses travestissements que pour me réserver des surprises auxquelles, victime consentante, je succomberais les yeux hantés par une chimérique victoire.

Ce qui m'autorise à nourrir ces doutes ?... Il serait facile de se persuader du contraire, de dénicher le piège, si piège il y a, et aussi insidieux qu'il prétende être. Il suffirait d'examiner la ténébreuse splendeur dont elle offre le spectacle par moments. Elle en impose par l'harmonie la moins altérée qui soit. Et ce mouvant jeu de séduction paraît ne point connaître de fin. Si piège il y a, ce ne pourrait être que celui-ci.

Plutôt qu'un piège, il me semble plus vrai que le désordre babylonien auquel, croit-on, la cité est vouée, recèle une signification. Toutes ces cavités, ces voies, ces lignes, ces parois, ces sapes, proclament un maître-sens. Qu'il soit différent à chaque mutation, en restant néanmoins identique pour l'essentiel : – toujours hors d'atteinte, et d'une manière particulière, comme s'il fallait aller en chercher la clé *ailleurs,* qu'il fût vain de vouloir la trouver ici, que le miracle fût qu'on la découvrît ici ou là –, m'a l'air évident.

Il faut convenir que durant l'examen le plus superficiel la sensibilité et la pensée accèdent, dans une sorte d'ascension, à de hauts paliers, embrassent des horizons insoupçonnés. Elles reçoivent des communications dans lesquelles les siècles et les confins se répondent et parlent un langage réconcilié.

Tout cela devrait me porter à la vigilance. Mais j'incline de moi-même plus vers une fusion que vers une évasion. C'est un état non dénué de charme. Sous mes yeux reposés par l'interminable crépuscule, tous les problèmes se résolvent dans une perfection de douceur, une cohésion hypnotique. Dois-je rompre avec cet ordre, cette permanence dans le mouvement et l'équilibre ? Aucune nécessité ne m'y pousse. J'errerais, à n'en pas douter. Je marcherais, prisonnier d'une alternative sans dénouement : voyageur sollicité par une destination dont la réalité et le sens m'échappent, ou souvenir courant sur les ruines d'une contrée remémorée mais à jamais disparue. Assuré de rien, sinon de perdre à l'avance sur les deux tableaux, c'est tout ce que j'ai à espérer.

J'ai abouti presque sans m'en apercevoir à une esplanade dont la perspective se réfugie au loin et la fait se ressembler à un quai. Elle est solitaire. L'éclairant, mais peu, d'en-dessous un ciel uniformément chargé, la lumière arrive par l'orée, par la fente de l'horizon. Aiguë, dans un jour fuligineux, on la dirait moins faite pour dévoiler les choses que pour les détruire. Des formes inachevées se profilent de place en place, sans ordre, qu'on serait aisément tenté de prendre pour des statues. Pourtant je devine que ce n'en sont pas quoiqu'elles en aient tout à fait l'allure. Que ce lieu où l'ombre et la lumière luttent sans que l'une l'emporte sur l'autre constitue aussi le royaume de ces silhouettes hiératiques mais vivantes, on ne peut en douter non plus.

Vivantes. Avant que je me sois approché d'elles, quelque chose m'en a averti.

Attentif, je me dirige avec précaution vers l'une d'elles. Je note en même temps que mes pas ne provoquent aucun bruit sur le sol pavé de longues dalles.

Parvenu auprès de la première, j'en entreprends le tour. Contrairement à l'impression qu'elle m'a procurée à distance, elle ne présente pas de conformation précise. Elle n'est pas en pierre, bien que la matière, grenue, crevassée, dont elle est faite le rappelle vaguement. Il me vient à l'esprit qu'elle a été coulée en une substance analogue à ce rebut des hauts-fourneaux, le *laitier*. Des creux à peine marqués en plusieurs endroits de cette masse sont ce qui crée de loin, concurremment avec le jeu d'ombres et de lumières, l'illusion de stature humaine. Une ébauche de celle-ci n'est pas absente de ce bloc : elle s'y trouve comme noyée.

Ce dont je suis certain en revanche, c'est qu'elle me voit, qu'elle sent ma présence, qu'elle m'épie, de là-dessous. Une découverte que je fais me le confirme. De fines rayures, des sillons étroits mais profonds la parcourent, la recouvrent et l'enveloppent d'un réseau de signes qui ont tout l'air d'être des organes de perception.

Sur la place étirée, les autres se dressent à l'instar de celle-ci : hautes, massives. Et vivantes. Vivantes, je ne peux pas me débarrasser de cette impression. Quelque chose me le chuchote à l'oreille de divers côtés. Par leur attitude, elles figent l'espace, en attente aussi. Elles poursuivent leur songe avec un détachement qui les rend vaguement ressemblantes. Leurs ombres projetées sur la blancheur calcaire du sol renforcent le silence qui m'entoure.

Et si Radia avait conçu l'idée de revêtir une de ces formes pour me manifester sa présence tout en restant hors de portée ? Si, proche mais indiscernable, elle se tenait parmi ces cariatides et observait mes mouvements, ma perplexité ? Comment la reconnaître ? Comment l'appeler au milieu de ce silence trop vigilant, meurtrier ? Et si au lieu d'elle, à ce moment-là, quelqu'un d'autre me répondait ?... Ici, un nom perd certainement jusqu'à la vertu de nommer, et ne sert à rien. Identités multiples elles-mêmes, les statues paraissent en plus s'interdire d'user du moindre signe d'intelligence.

Je tourne sur la place parmi les socles. Ces figures sont indubitablement les répliques ou les reflets d'autres choses. Peut-être de simples simulacres suscités pour la fascination des intrus... À travers le ciel couvert, la même lumière s'infiltre, allongeant les ombres. Il semble à tout instant qu'un orage doive y éclater. La froide clarté, le calme trouble où ce décor est plongé augmentent tout d'un coup l'angoisse qui m'étreint.

À chaque seconde, j'ai maintenant l'impression que les statues changent d'attitude, et même d'aspect ; mais je ne sais jamais quand. D'aucunes vont jusqu'à s'adresser des signes, se saluer, ou encore danser, les bras largement écartés ! Elles s'arrêtent subitement si je les regarde. Puis elles recommencent à la dérobée. Lorsqu'elles ont l'air de m'oublier, je cours vers la plus proche, mais c'est à un monolithe que je me heurte. Je cours vers sa voisine ; c'est un autre monolithe. Je les dévisage longuement : elles ne bougent pas, elles demeurent impénétrables. Je reprends ma ronde, je reviens vers la même. Toujours pour retrouver une statue.

Après de harassantes allées et venues dont je ne peux dire le nombre, je crois éprouver que, plus que les autres, l'une d'elles cherche à m'attirer. De moi-même, je retourne auprès d'elle, je m'attarde devant elle et en oublie ses voisines. Elle est la seule à ne pas être modelée de la tête aux pieds et à ne posséder que le torse. La seule aussi dont les bras soient amputés à la naissance des épaules. Ils l'ont été, on dirait, à un moment où elle les levait. Sitôt que je me retrouve en sa présence, invariablement le même chagrin s'empare de moi. Je cesse à la fin d'aller vers ses compagnes pour l'examiner de plus en plus passionnément. Quand parfois je m'en rapproche un peu plus, il me semble sentir sur moi une tiédeur imperceptible de corps.

Une supplication monte à mes lèvres, qui me surprend moi-même, et je finis par prononcer tout bas, sans regarder la créature :

– Je suis un homme et je souffre pour une raison dont je ne peux rendre compte qu'au Dieu tout-puissant.

– Dites...

Cette voix. Ma peau se hérisse. Est-ce *elle* qui a parlé ? Je lève les yeux. Ses contours n'ont pas changé ; elle conserve son attitude absente.

Je l'implore :

– Pourquoi, lorsque nous voyons quelque chose, faut-il toujours que...

– Ne confondez-vous pas ? Celui qui voit *quelque chose* doit vouloir de moi ; et de ces lumières, de ce ciel, de ce décor et de ces autres...

C'est elle qui me répond, j'en suis sûr. Mais sa voix provient d'au-delà des choses et, pour cette raison, elle inquiète.

Je me bouche les oreilles pour ne pas entendre la suite : ce que j'ai déjà entendu me paraît suffisamment abominable.

Elle s'est tue. Aucun mouvement ne dérange la masse immuable de son corps. Sans qu'elle les ait nommées, j'ai idée qu'elle a fait allusion – dans quels termes ? – aux statues qui nous entourent. Mes yeux vont vers elles, puis je me mets de nouveau à la surveiller. Dans la pâle clarté de cet orage qui couve, son corps a l'air encore plus paisible et plus obscur. Des regards semblent pourtant traverser ce bloc presque dépourvu de formes et, du dedans, me fixer.

Elle reprend :

– Rien de plus compréhensible, je vous le dis comme à un ami.

Mon chagrin et mon angoisse se muent brusquement en une exaltation qui croît et me devient torture après ces mots. C'est précisément la déclaration que je redoutais. Je l'espérais aussi, je l'avoue. Dès le premier instant, j'avais tout saisi. Je pensai toutefois à une fausse impression ne méritant aucun crédit. L'espace où je me suis engagé est celui de l'épreuve... « Il pourrait devenir aussi celui de la récompense, de la libération, de l'amour. Il pourrait... » Tout en me disant cela, je m'allonge sur le dallage de la place.

– Qu'est-ce qui vous manque ? fait à ce moment la voix, planant dans le ciel.

– Tout.

– Appréhendez-vous ce qui va se produire ?

– Je m'interdis toute crainte.

Aussitôt ces paroles pensées plus qu'articulées, je m'endors.

Je m'aperçois que je ne perds pas conscience. Je continue à tout recevoir, sensations et images, je jouis de toutes mes facultés. Les statues s'animent ensemble, elles descendent de leur socle. Libres ! Et leur foule arrive vers moi en courant. Sans m'accorder un regard, elles me piétinent, me passent, l'une après l'autre, sur le corps. À haute altitude, la voix dit :

– Je suis la nature.

Je ne sais pas si c'est *ma* statue qui proclame cette révélation mais sais, sans le voir, qu'elle n'a pas bougé, elle, de sa place. Cette intuition réduit quelque peu mon tourment. Ma marche m'a jeté à l'intérieur d'un cercle maléfique ; malgré cela, je pressens que j'aurai des chances d'en sortir indemne.

Je me réveille.

La perspective est en proie à la même rigidité, la même atmosphère de songe la hante, la même attente. Chaque chose se trouve à sa place. Rien n'a frémi. Pas même l'éclairage, pas même le temps.

Je saute sur mes pieds et, me tournant vers la statue sans bras, je crie :

– Fidèle serviteur ! Fidèle serviteur !

J'ai l'impression qu'en manière de réponse un sourire l'illumine tout entière. Cela est tellement fugitif que je ne peux y croire en fait. Je l'observe avec indécision. Je m'avance vers elle à pas lents, entrecoupés de pauses.

Sa voix rompt tout à coup le silence.

– C'est l'heure, dit-elle.

Et ce qu'il y a d'effrayant en elle s'effondre, se résorbe. Elle sourit franchement. Je distingue aussi pour la première fois une bille brillante sous chacune de ses aisselles. Identiques, les deux petites sphères paraissent être faites d'un métal cristallin ; il en part des rayons pénétrants.

Je comprends sans qu'elle ait changé d'expression hormis ce sourire incertain dont elle s'est enveloppée depuis peu, qu'elle m'invite à détacher les deux billes et à les emporter. Je me conforme à son désir.

Je tiens chaque bille dans une main. Je commence à les palper. Elle se met à rire et son buste s'incline légèrement vers moi.

Je suis heureux, heureux au-delà de toute expression.

Je la considère de nouveau et constate qu'elle possède des seins d'or que je n'avais pas encore remarqués non plus. Au même instant, un astronef pointe dans le ciel. Il glisse lentement d'est en ouest : je le salue avec des hourras d'enthousiasme. Je suis certain que mes signaux ont été aperçus et enregistrés là-haut.

Peu après, je pars aussi dans cette direction ; il refait nuit.

La ville est couchée dans une lueur d'aurore bien que tout autour d'elle une obscurité féline veille. Je foule ces rues d'une rectitude parfaite, me disant : « Si, à la fin, je dois rencontrer Radia, quel risque pourrais-je redouter ? »

Ces pensées, miennes apparemment, me sont dictées par la ville. Elles me reviennent en tête avec obstination au long de ma marche.

Je ne me sens pas uniquement prêt à affronter n'importe quelle menace, mais à courir droit là où je soupçonnerais qu'il y aurait péril à se rendre si Radia s'y trouvait. Je suis seul, les yeux rivés sur un point de l'horizon auquel toutes les lignes de la cité aboutissent. Il en serait le centre, que cela ne me surprendrait guère. Je vais ainsi depuis quelque temps et je n'ai pas l'impression d'avoir beaucoup avancé. Cela ne m'inquiète pas. Un battement profond que je crois avoir déjà entendu autre part ébranle la terre et le ciel. Il me procure un singulier sentiment de sécurité. Je crois aussi que je quitte ma personnalité d'emprunt qui se dissout en vapeur autour de moi.

L'avenue que je remonte s'élargit toujours, s'étend démesurément, le centre grandit.

À partir de là, il m'a suffi d'ouvrir les bras pour être porté en avant. Je suis conduit très loin et aussi facilement que dans le sommeil ; je n'ai pas besoin de me servir de mes jambes.

Passé le premier moment de surprise, je comprends : le centre m'a attiré à lui comme l'aurait fait un aimant si j'étais de fer. À sa force toute-puissante, je demande alors de me mettre en présence de Radia. Et qu'il fasse de moi ce qu'il voudra ensuite. Cette pensée saisit aussitôt d'un frisson l'air jusque-là sans mouvement.

Je la vois arriver.

Elle est transportée, les bras étendus, comme je l'ai été moi-même du fond du halo gris qui éclaire l'horizon de cette cité formée de chaussée à l'exclusion de tout immeuble. Sous l'effet de la joie qui m'empoigne, mon cœur se contracte.

Elle s'arrête à quelques pas de moi. Ses pieds, nus comme je le remarque bientôt, ne touchent pas terre : ils flottent au-dessus de ce qui doit être le centre de la ville. Celui-ci luit intensément et lance des torrents d'énergie à la ronde. Les terribles et joyeuses vibrations me traversent et, j'en ai la nette sensation, me purifient. Il y a quelque chose d'inexprimable dans la simplicité avec laquelle Radia m'est rendue.

Rendue ? Dans la seconde même où je me précipite vers elle, je suis soulevé, changé en cet air qui nous environne, je me dissipe en lui comme si je n'existais pas.

Elle m'attend et me surveille avec une expression mélancolique. Je fais des efforts désespérés pour la rejoindre, et puis...

Impossible, impossible.

Le regard triste, elle est devant moi, je la vois essayer de me tendre la main, mais elle ne peut achever son geste et son bras retombe.

Je suis incapable de m'approcher davantage, de faire un demi-pas de plus. Une force hostile me retient par derrière.

Pourquoi, parvenus si près l'un de l'autre, demeurons-nous irrémédiablement séparés ? Pourquoi devons-nous nous contempler de deux mondes différents ? Quel crime ai-je commis ? Je me détourne pour lui cacher mes larmes.

Je fais brusquement volte-face : elle s'éloignait déjà. Non comme si elle marchait, plutôt comme si elle glissait, et tournée tout le temps de mon côté. Je tombe à genoux, les yeux follement attachés sur elle. Sa silhouette s'amenuise, se brouille. Je plonge mon visage dans mes mains.

Une inspiration subite me pousse à me lever. Je reviens sur mes pas, je galope. « Je pourrai chercher une autre voie d'accès que celle-ci et cet endroit, me dis-je, cessera de m'être interdit ! » Je jette un regard aux alentours. Je décèle l'existence d'un bar insolitement éclairé. Jusque-là, il ne m'a pas semblé avoir vu un bâtiment, une maison ! Je considère ce flamboiement. Et me frappe la présence d'une femme encadrée par la porte de l'établissement. Elle ressemblerait à Radia trait pour trait... si elle n'avait le teint aussi blafard et ne portait sur la figure une expression aussi cruelle. Elle est plantée là tout à fait comme une entraîneuse : équivoque, ne se souciant que de paraître attirante. Elle ne réussit nullement à m'abuser. Les manœuvres de séduction qu'elle entreprend demeurent sans effet ; ce que j'y flaire de suspect me met au contraire sur mes gardes. Arrivé à sa hauteur, je frappe dans mes mains : je peux passer sans encombre.

J'arpente encore des rues, je marche dans une direction indéterminée bien que toujours la même. Au terme, mes espoirs s'accompliront peut-être. La ville s'est couverte de canaux. Je relève sans surprise qu'une étoile m'accompagne. Froide, étincelante, elle glisse à deux mètres environ au-dessus du sol, sur ma droite. Elle avance pendant que j'avance, elle s'arrête quand je m'arrête. Son voisinage ne me procure ni plaisir ni apaisement ; il accroît plutôt mon tourment. Elle me guette : elle ne me laissera pas libre de mes mouvements.

Se révélant en une seconde, une puissante auto bondit sur moi, me manque mais percute l'étoile. Le véhicule se pulvérise en buée. L'étoile, suspendue à la même place, continue à briller. Je juge ainsi de la force qu'elle porte en elle.

J'arrive à l'intersection d'un très grand nombre d'artères. Je ne sais laquelle prendre et me refuse à choisir, à aller plus loin. Je considère un peu l'étoile arrêtée à quelques pas. Je n'hésite pas : je me jette sur elle dans l'espoir de disparaître, de fondre, comme, un moment plus tôt, l'automobile. J'ai fermé les yeux et me suis abandonné de toute mon énergie.

Au lieu de la mort brutale mais instantanée que j'escompte, il ne passe sur moi qu'un souffle tiède qui me caresse. En même temps, un pleur retentit à mes oreilles, plein d'une désolation, d'un chagrin sans fond. Des gouttes de sang se mettent à pleuvoir lentement. L'étoile scintille du même éclat froid et lointain et le rond-point où mon incertitude m'a paralysé se soulève en empruntant la forme d'une colline au sommet de laquelle l'astre va se poser. Ou se reposer. De là, il a l'air de m'inviter à monter, moi aussi. J'escalade l'éminence, disposé à faire tout ce qu'on voudra exiger de moi ; je touche vite au faîte d'où je peux admirer la ville sous ses illuminations.

Je me tourne vers l'étoile qui luit patiemment à mes côtés et lui dis :

– Je n'appartiens pas à ton royaume. Il y en a qui m'attendent ailleurs en cet instant. Laisse-moi retourner auprès d'eux. Le monde où tu veux me conduire – et du bras, je lui montre la cité noyée de lumières – n'est pas fait pour moi. Je n'en supporterai pas la découverte. Je n'ai que trop couru sur sa rive sauvage : laisse-moi revenir vers les lieux de ma naissance.

L'étoile prend une lueur insoutenable qui m'épouvante ; un nouveau sanglot fend l'air.

Elle commence à se diluer en une auréole brillante qui se dilate et, prompte, s'envole en direction de la ville.

Lorsque la miroitante nébuleuse est arrivée à une distance notable, je crois y reconnaître la silhouette de Radia. Je me demande avec effroi si ce n'est pas sa vraie patrie que cette ville dont l'accès m'est défendu. Guetteur inutile, je passe un long moment du haut de la colline sombre à tenter de détecter sa piste. Mais trop tard. Il n'en subsiste plus aucune trace.

Je dois reprendre ma route. Dévalant les flancs de l'éminence, j'aborde de plain-pied une autre ville, où j'entre sans espoir. Je parcours des galeries soutenues par des arcades, je longe des couloirs peuplés d'une étrange animation. C'est une intarissable confusion dans laquelle je me perds. Par chance, un train vient à passer, un train urbain, mais presque pour rire tant ses dimensions sont réduites. Chaque wagon n'est qu'une plateforme : je saute sur le dernier, je m'assieds, le dos tourné au sens de la marche en laissant pendre mes jambes. Le convoi n'en finit pas de louvoyer, virer à l'intérieur des boyaux resserrés et tout en boucles que forment les rues de cette agglomération.

Entré par surprise dans une aussi fallacieuse cité, je vais y rester longtemps. Comme je regrette la ville inaccessible ! Son attrait continue à s'exercer sur moi de loin.

Ces couloirs baignent dans une lueur d'argent voilée qui suinte des murs. Les plafonds ne se tiennent jamais au même niveau. Ils s'élèvent très haut ; puis ils redescendent, après un coude, si bas, que je me vois contraint d'avancer plié en deux. Les parois latérales se livrent à des feintes analogues. Ici, largement écartées, là aussitôt resserrées à s'étrangler. Et les angles. Si nombreux, si brusques, et orientés dans des sens si imprévus : ils me font perdre toute idée de direction. Et perdre simplement la tête. Je ne sais pas, je ne sais plus depuis longtemps si je vais de l'avant ou si je reviens sur mes pas. De même, j'ignore si je suis dans une voie principale ou dans une ramification secondaire sans issue. Les murs, leur béton, la configuration de l'ensemble, ni l'architecture du tunnel ne sont faits pour fournir une indication. Je pressens seulement, quoique je sois incapable de dire à quel détail, qu'il y a de la vie de l'autre côté. Et j'ai, à chaque détour, l'impression que je finirais par déboucher sur cette vie. Prisonniers ou habitants, les gens qui logent là, je me demande s'ils n'ont pas été prévenus déjà de mon incursion, s'ils ne suivent pas mon errance, s'ils n'observent pas mes piétinements. Pensant à ces témoins invisibles, je tente de faire montre de dignité. J'adopte un pas régulier, je m'astreins à pénétrer l'esprit qui a présidé à la conception d'un tel bâtiment...

Combien d'heures ai-je battu le sol de mes semelles – allez savoir ! – avant de parvenir devant un escalier étroit, que je descends ? Je me retrouve, ô dérision, dans des couloirs en tous points identiques aux premiers mais plus faiblement éclairés. Je continue à pousser de l'avant sans jeter un regard autour de moi. Une seule chose m'importe : ne plus m'arrêter, ma marche doit-elle durer mille ans. Je prends conscience que je foule en même temps les rues de la ville interdite. J'en rejette d'abord l'idée, qui m'est affreuse. Il m'en vient une autre. Plus précisément, il me vient une crainte que je pourrais m'y perdre. C'est après, bien après, que je m'étonne d'être, de ces corridors, revenu à la cité inaccessible. Comment cela s'est-il produit ? Surtout comment pareille chose a-telle été possible, par quelle opération en suis-je arrivé là ?

Au bout d'un certain temps, une alerte indéfinissable m'incite à ouvrir l'œil. Je longe des rangées de chambres toutes semblables dans chacune desquelles dort une femme. Évitant de faire du bruit, je les examine l'une après l'autre : elles sont plongées dans un profond sommeil. Un grand lit, des tapis, une table, des fauteuils, meublent chaque pièce. Je contemple un instant encore les dormeuses. Je me rends compte alors de ce que ma curiosité a d'indiscret, d'inconvenant même. Gêné, je détourne mes regards. Le sort de ces créatures m'apitoie. « Que le jour se lève où elles pourront se réveiller, revivre... » Mentalement, je reprends ces mots devant chaque porte tout en poursuivant mon chemin. Je suis persuadé qu'ils agiront comme une prière, une formule bénéfique.

Une brusque certitude m'envahit, il me semble deviner ce que tout cela signifie : dans chacune de ces chambres, Radia dort. Ma découverte m'enfonce une lame flambante. Pourquoi dort-elle, et *là* justement ?... Comment la tirer d'un sommeil qui paraît vouloir durer l'éternité ? Mais avant de songer à l'en tirer, comment reconnaître entre toutes la vraie Radia ? Où se trouve celle, unique, dont les autres, étendues dans ces enfilades de pièces, ne représentent que des contrefaçons ?

Je les considère sans pouvoir faire un mouvement.

Ma stupeur augmente tandis que j'admets avoir franchi l'enceinte secrète. Il me faut en supporter les conséquences comme si j'avais agi de mon propre gré. Encore quelques pas pour prendre le temps de réfléchir.

C'est à ce moment que, dans les rangées de chambres, les femmes se dressent toutes à la fois et me dévisagent avec une expression d'inhumaine impassibilité, qui n'empêche pas leurs regards de fuser comme des clameurs. Est-ce qu'elles m'en veulent de les avoir surprises dans leur sommeil ? Sûrement pas. Je n'ai pas fait le moindre bruit : elles se sont réveillées d'elles-mêmes. J'ai pénétré dans cet endroit sans savoir non plus ce que j'allais y découvrir. Non, c'est d'autre chose qu'il s'agit.

Et le plus terrible déploiement de gestes qu'il m'ait été donné de voir débute tout d'un coup. Chaque mouvement ébauché par l'une est poursuivi par sa voisine, laquelle tombe aussitôt en léthargie, pour le transmettre à la plus proche, et ainsi de suite, jusqu'à ce que toutes l'aient exécuté... avant de refaire d'autres mouvements, dont certains n'auront pas été achevés quand de nouveaux sont déjà esquissés. On jurerait d'une seule et même femme passant du corps de l'une au corps de l'autre. À la seconde où celle-ci lève le bras, sa compagne tourne la tête, la suivante bouge le pied, et il est impossible de saisir l'instant où la transmigration s'opère : une sorte d'accord de pensée les anime toutes. De leur regard tendu, de leur mine étrangère et hostile, je tire néanmoins la preuve qu'aucune ne me reconnaît. Hormis celle – peut-être – qui les meut l'une après l'autre. Mais elle, je ne peux la voir ni l'approcher ; elle n'a pas de corps lui appartenant en propre. Comment cette dispersion s'est-elle accomplie ? Pourquoi Radia s'est-elle divisée de manière à être partout en n'étant nulle part ? Je me trouve confronté à une énigme aveuglante.

En revanche, ce que je perçois très bien, c'est, par le truchement de ces créatures qui me sont hostiles chacune prise individuellement, son intention de communiquer avec moi. La vue de ses efforts – sans trêve renouvelés et inutiles – me remplit d'affliction. En proie au plus insupportable déchirement, je porte les yeux tantôt vers celle-ci tantôt vers cette autre. Mais en chacune, Radia ne semble consentir à se révéler que pour me donner le regret d'avoir voulu la revoir, la reprendre, que pour me montrer les masques vains sans lesquels, insaisissable et captive, elle n'a plus pouvoir d'apparaître, de manifester son existence, désormais. Une horrible pitié me brûle le cœur pour elle. Une seconde, m'effleure l'idée d'aborder la plus proche et de lui étreindre la main. Mon bras, après avoir été traversé par un frisson, demeure tendu ; il a été foudroyé. Et durant les longues minutes où je m'abîme dans l'observation de ces figures fantasques, l'angoisse de l'instant où tout romprait, où tout basculerait dans une catastrophe absurde à imaginer, se met à me tenailler.

Je me dis cependant avec le sentiment que cela parerait au pire :

« J'ai surpris un secret. Je n'ai pas découvert la clé qui m'en ouvrirait le sens, et c'est le secret qui m'a pris au piège. »

Je m'emporte soudain contre l'indomptable force à laquelle je me suis heurté. Qui me défie.

Colère bien inutile. Il y a là Radia, devant moi. Que désiré-je de plus ?

Une illumination me vient. Si je prononçais le nom mystérieux : « Hellé » qui m'a été transmis d'un autre espace et que j'ai gardé au fond de ma mémoire ? Je me reproche de n'y avoir pas pensé plus tôt.

Je murmure alors, tel un mot de passe :

– Hellé...

Et une femme flamboyante de se détacher de l'ensemble des autres, de s'élancer vers moi. Elle sourit du centre d'un foyer incandescent ; son corps détruit en un clin d'œil ses factices répliques, les chambres et leurs meubles, les couloirs.

Ses radiations sans frein propagent puissance, mais passion aussi. Pendant que le souffle inconnu passe sur moi, je l'entends dire :

– Ne sois pas alarmé et sache ce que tu as risqué. Tu as gagné. Il faudra pourtant en perdre tout savoir et tout souvenir.

J'ouvre la bouche pour répliquer, élever une protestation. Une volonté supérieure à la mienne me noue la langue et la pensée.

Elle poursuit encore, mais pour elle-même :

– C'est ma dernière incarnation. Quelqu'un retient mon corps prisonnier ; je suis scellée dans chaque chose. Retourne là d'où tu viens.

Ses yeux s'agrandissent peu à peu, tandis qu'elle exhale ces paroles, et cessent à la fin de me voir. Toute endormie qu'elle en donne l'impression, elle se rapproche de moi, penche sa tête sur mon épaule. Je la soutiens et j'attends, osant à peine respirer. Puis je me mets à sourire ; un bonheur aérien m'évente.

– Il ne faut pas que ce corps survive, chuchote-t-elle de plus en plus bas dans son sommeil. Ce serait d'un trop grand danger. Va. Je ne puis que te souhaiter bonne chance.

Je ne prête pas attention à ces mots, ébloui que je suis par le feu vif qui me pénètre, me fractionne et emporte les particules de mon être dans l'univers. Mais elle, Radia, que j'ai nommée Hellé voici peu, s'efface dès qu'elle a émis le dernier son. La force du lien qui nous unit ne nous est d'aucun secours.

Comme si elles ne guettaient que cette seconde, les autres font irruption de leurs chambres avec des masques farouches et entreprennent de me donner la chasse.

À mon oreille, sa voix nette dit :

– Pars immédiatement, Iven Zohar.

Je cours. Des cris me poursuivent sortant du fond du souterrain et je ne suis plus obsédé que par ma fuite dans le dédale, l'opacité des couloirs. J'ai la sensation d'être seul et entouré à la fois ; des milliers de pas, résonnent devant, derrière et autour de moi. J'entends :

– Sus ! Sus !

Et de longs éclats de rire retentissent, des quolibets volent.

Je fais surface dans la ville sur laquelle la nuit plane et me trouve parmi des constructions disposées en cercles concentriques. Dans le premier de ceux-ci, au loin, s'érige un édifice plus haut que les autres. Ses murs dégagent une luminescence comparable à celle qui flottait dans les couloirs d'en-dessous. Ils me suggèrent que ce bâtiment conduit, lui aussi, au labyrinthe d'où je viens de m'échapper. Je m'en éloigne. Cependant, comme si elles avaient désiré uniquement me voir hors de leur domaine, mes poursuivantes ont renoncé à me traquer dès que j'ai passé la porte des caves qui les abritent. Sont-elles retournées à leurs lits de repos ? Vont-elles se replonger dans le sommeil ? Qui le saurait jamais !

Me voici libre, une fois encore.

Sans doute. Mais l'âme restée avec Radia-Hellé ; même si elle a trouvé les paroles nécessaires pour me faire accepter sa perte. Je me rappelle son corps radieux appuyé au mien. Je m'insurge contre l'injustice d'un tel sort.

« Elle est venue vers moi, et elle est repartie, me répété-je. Elle est venue et elle est repartie. »

Je franchis l'un après l'autre les cercles de la ville. Les habitants – ou les habitantes – doivent dormir depuis un certain nombre d'heures. Une lune monstrueuse se lève et se met à tourner dans un ciel vide avec l'air de lancer un avertissement.

Après ce qui vient de se passer, qu'ai-je besoin d'avertissement ?

– Qu'elle tourne ! proféré-je tout haut.

Et voilà qu'elle se dilate, se détache et descend.

J'en fais la constatation avec horreur ; il me faut quitter au plus vite cette ville frappée de torpeur qui ne va pas tarder à l'accueillir.

Je me sauve vers la nuit extérieure où je m'égare.

Le jour se lève d'un coup d'aile sur une plage étalée, ouverte jusqu'aux confins du monde. Léger, le ciel frémit au-dessus de la mer solitaire, la caresse. Quelques rides plissent la surface de l'eau de temps à autre. Le matin n'est pas encore né. La mer, de sa blancheur aqueuse, de ses reflets, de son balancement, tire cette clarté. Je suis là, les pieds enfoncés dans le sable. Je la contemple, la mer nue, la mer endormie, abandonnée. Les chevilles léchées par l'écume, liées par l'eau furtive. Elle m'entoure de son sommeil, me submerge, me découvre.

Je vois venir une jeune femme. Je refuse de regarder de son côté : c'est une illusion. Je ne sais pourquoi je suis en cet endroit. L'envie de fuir m'étreint mais quelque chose d'autre me cloue à ma place, et me force peu à peu à me retourner.

Fluante et refluante, elle, comme si les vagues me l'envoyaient, me l'offraient, continue à venir. Corps bronzé, tenue de bain aux couleurs sombres.

Longtemps, elle reste à son point de départ.

Brusquement, elle s'immobilise près de moi et dessille des yeux intensément brillants et sourds comme les flots qui nous assiègent. Elle me prend la main et m'emmène. Nous marchons en silence.

À mesure que nous avançons, côtoyant les remous de l'eau, des pensées se pressent sous mon front, animées d'une vie quasi autonome.

Inopinément, je prononce :

– Nous sommes immortels.

Ces mots sitôt émis, un dôme de lumière, bleu vif, adamantin, rompu de courts éclairs, recouvre la mer et la plage. Il en ruisselle une fraîcheur perçante.

– Il est de par le monde des lieux qui conserveront toujours notre image et les images de ceux que nous aimons, poursuis-je.

Un instant de réflexion. J'ajoute :

– Celui-ci en est peut-être un.

À la dérobée, j'épie ma compagne. Elle s'est mise à sourire, les yeux fixés sur la mer et, sans doute, plus loin encore : sur la coupole étincelante qui effleure doucement les vagues. Je suis heureux, simplement, en paix. Je songe :

« Ce bonheur demeurera, immortel aussi. »

Dans l'irradiation de la clarté vierge qui nous baigne, la mer assoupie respire à un rythme régulier qui n'a pas de fin.

J'entends ma compagne dire à ce moment :

– Nous sommes de ce feu qui anime tous les séjours.

Je la regarde en face. C'est elle certes, observant la même attitude, mais avec un rien dans son air de légèrement différent. Sans que ses lèvres bougent, elle murmure encore ou cela retentit en moi :

– Les destinées se nouent ici. Nous sommes l'esprit des choses...

Tandis qu'elle scrute la mer, cette vérité me devient sensible.

Tout aux pensées que ces paroles suscitent en moi, je relève à peine que nous sommes arrivés au milieu de gens, en tenue de plage aussi, occupés à ramasser des bras, des jambes, des torses, partout épars sur le sable. Je les considère avec surprise : ils sont en train de faire des tas de ces pièces anatomiques. Leur tâche n'a rien de triste ni de macabre. Les membres et les bustes dispersés, plus grands que nature, présentent des lignes si parfaites qu'ils paraissent avoir appartenu à des divinités. C'est sûrement ce qui exclut de ce spectacle toute impression d'horreur. Je me sens moi-même poussé par le désir d'offrir mon aide à ces personnes. Je lâche soudain la main de la jeune inconnue et j'y vais. Avec une diligence joyeuse, je m'empresse de transporter bras et jambes aux endroits où s'élèvent déjà des amas. La plage ne tarde pas à être entièrement débarrassée.

Sous le dôme aux feux de pierreries, j'entre alors dans l'eau.

« Quoi qu'il en soit, elle me purifiera. »

La jeune femme me suit un instant du regard, puis elle repart.

Aucune ombre, nul regret, quand je la vois s'éloigner sur la longue grève incertaine, ne viennent ternir ma joie. Je me demande seulement si elle s'est présentée à moi rien que pour me montrer ces curieux baigneurs, et leur non moins curieuse occupation surtout, à laquelle j'ai tenu à participer...

« Cette femme pourtant ne m'est point connue. »

J'entre plus avant dans la mer.

Tout en fendant la phosphorescence humide à grandes brassées, je pense : il est improbable qu'elle soit venue rien que pour me mener ramasser ces membres d'une autre race d'hommes, – s'ils n'appartiennent à des dieux ! – ; dois-je la rattraper afin qu'elle m'éclaire sur sa véritable intention ?

Ce projet s'empare aussitôt de moi et me paraît réalisable sur-le-champ. En continuant à nager droit en avant, certain que je suis, procédant ainsi, d'aborder à un autre rivage où, immanquablement, elle repassera.

J'allonge ma brasse. Arpenter la mer, quoi de plus facile et de plus exaltant ? Que de fois, dans le passé, maternelle, elle m'avait entouré, couvert, protégé de ses flots. Puissante et prompte, elle me porte donc, j'ai le sentiment qu'elle me comprend, qu'elle m'approuve : qu'elle *consent* à appuyer mes efforts. Je distingue en peu de temps une nouvelle ceinture d'écume, une nouvelle plage vers laquelle je mets le cap.

Posant le pied sur le sable, une fois de plus je suis accueilli par la solitude illimitée. La grève, les eaux ondulantes ; il n'y a rien d'autre. La sensation d'isolement s'est même renforcée.

Je me mets en position d'attente. Les vagues m'embrassent les pieds et, discrètes, se retirent aussi vite qu'elles arrivent.

Tout d'un coup, l'obscur halo d'une présence m'enveloppe, et les vagues se mettent à s'entrechoquer avec d'impétueuses contractions. Et puis tout d'un coup le halo se résorbe. Je découvre la jeune femme marchant dans ma direction d'un pas égal. Elle est encore loin, mais je l'aurais reconnue entre mille : à plus forte raison, seule, comme elle vient ici.

« La voir une fois, par hasard, est peut-être sans conséquence. La rencontrer une seconde fois en ayant délibérément provoqué l'occasion... n'est-ce pas aller trop loin, s'exposer ? »

C'est alors que je comprends la gravité de la situation où je me suis mis.

Elle se dirige toujours droit vers moi, avec parfois l'air de reculer. Des tourbillons de plus en plus furieux, de plus en plus sombres, creusent l'eau, les vagues se distendent pour revenir s'écharper dans une collision brutale.

Après de brefs remous, la mer trop vite apaisée n'élève que des halètements.

L'inconnue n'a plus que quelques pas à faire et elle m'aura rejoint. Comme tout à l'heure, son visage est scellé. On parierait qu'elle dort. Il émane d'elle un éclat bien plus actif qu'alors : presque violent et contrastant avec le mouvement à présent uniforme de la mer, le calme du rivage.

Parvenue près de moi, elle s'arrête. Je suis éclaboussé par la flamme invisible dont elle inonde l'air. Campé en face d'elle, je m'oppose à cet anéantissement.

Ma résistance ne dure guère ; la possession devient totale.

Je crois que je vais en mourir. Mais la manifestation d'une vie neuve réinvestit peu à peu mes sens : un clapotement de vagues sur le sable recelant une sollicitude inquiète, rassurante. Et tout renaît autour de moi avec une acuité jamais éprouvée : douloureuse. Chaque sensation : une griffe, un éclair aveuglant. Ainsi de la mer, de la plage, du ciel, qui s'enflent et s'enflamment comme un brasier. À la chair, au sang de mon corps lui-même s'est substituée une matière ignée.

Je lutte contre cette lumière incommensurable qui m'échancre. Résultat : je suis porté à une plus haute température ou à une plus haute altitude dans mon corps de feu. Est-ce Radia-Hellé qui essaie ses armes sur moi pour m'éprouver ? À l'horizon, maintenant chargé de brume, un titanesque soleil écarlate s'épanouit, témoin nécessaire. Je patiente là-haut, l'esprit tendu, écartelé. L'inconnue me faisant toujours vis-à-vis est devenue toute noire, et son corps d'ébène reluit. Mes regards sont captivés par l'étoile rouge rutilant au creux de sa main gauche qu'elle tend, ouverte, comme transpercée par le soleil, à hauteur de mon visage.

Je veux jeter un regard implorant vers la mer ; je l'entrevois à une effrayante profondeur qui cogne des rochers et mugit. Je lève les yeux, à grand-peine, sur l'étrangère, de nouveau. Me faisant toujours face, elle se révèle si horrible à cette seconde que j'en ressens un haut-le-corps et étouffe un cri. Une voix me souffle qu'elle m'a hissé à cette altitude pour m'en précipiter ensuite. La couvrant, une autre voix, sa voix, résonne comme si l'on frappait sur un ciel d'acier :

– Mon chemin est ignorance ! Es-tu quelqu'un qui a conquis le droit d'enfreindre cette règle ?

Là-dessus, sans qu'elle ait ébauché un seul geste, je m'abîme dans le gouffre bouillonnant. Sa main avec, au milieu l'étoile rouge, est restée levée devant mes yeux. Je ne sais combien d'heures je suis tombé de la sorte, combien de fois je suis mort, combien de fois j'ai repris vie, avant de me retrouver gisant au même endroit sur la plage. La mer jouait avec mes cheveux et le soleil flamboyait au zénith.

Je rentrai dans la ville en méditant chemin faisant sur tout ce que cette aventure dévoilait comme menace pour ma sécurité. Nierais-je maintenant avoir reçu une mise en garde sans ambages ? Il me fallait interrompre mes recherches, j'allais au-devant de trop grands risques. Il n'était pas impossible qu'une haute puissance tînt à me les interdire.

Très populeuses à cette heure, les rues, étagées les unes au-dessus des autres ainsi que des balcons, s'ouvraient toutes sur la mer. Les habitants avaient au moins en partie dû assister à mon terrible combat sur le rivage. J'interrogeais dans l'incessante procession des figures celles que je croisais sur mon passage. Un mouvement rapide les poussait dans ma direction : il ne s'y remarquait rien d'insolite, ni même, si peu que ce fût, de particulier, hors cet air distrait ou absorbé commun aux gens des métropoles. Celle-ci débordait littéralement de ces foules pullulantes où personne ne fait attention à vous, où vous n'attirez aucun regard. Y voguer finit par me communiquer une sensation de soulagement, et presque de triomphe – un triomphe où l'inquiétude avait sa part. Cette multitude mouvante, ses visages sans nombre parmi lesquels je ne rencontrais pas un de connaissance, ces hauteurs, ces amoncellements d'habitations, me donnaient un peu le vertige. Qu'étaient surtout ces individus qui ne voulaient s'apercevoir de rien ? J'aurais arrêté un des passants, pour l'interroger, si cela ne m'eût pas paru de la dernière inconséquence. À voir l'irrésistible courant qui les portait en avant, ou l'expression verrouillée empreinte sur chaque face, une catastrophe en aurait résulté. Foi d'homme !

Je continuai à déambuler dans les rues sans échanger une parole avec qui que ce fût, ni m'accommoder de cette bousculade. Je grimpai d'innombrables escaliers. Je traversai des terrasses bordées de balustrades. Partout la même cohue, le même encombrement et, nulle part, rien qui ressemblât à un coin solitaire, une place, un jardin, où l'on pût avoir un répit, reprendre souffle. Si le tumulte, les bruits, ambigus et discordants, se fondaient en une rumeur supportable, on ne pouvait à aucun moment s'en abstraire, les oublier.

Ayant regardé longtemps d'une des plus hautes rues dériver l'horizon marin, je redescendis vers les étages inférieurs en proie à un indéfinissable trouble ; que nulle crainte, nulle anomalie pourtant ne justifiaient. Ce fut en dévalant, ainsi, d'interminables escaliers, que je m'enfonçai dans les couches profondes de la cité. (Sans guide !) Si bien qu'à la fin j'eus la surprise de pénétrer dans une ville différente, mais d'une façon impossible à préciser. Une animation y régnait au moins égale à celle des autres étages. Tandis que j'allais toujours plus bas et découvrais de nouvelles loges, voies d'accès, rampes, les bruits s'atténuaient au fur et à mesure, les lignes de chaque visage aperçu s'estompaient, chaque visage restant marqué toutefois d'une expression, de plus d'expression même que ceux des habitants d'en-haut. Quant aux rues, elles ne formaient plus, évidemment, que des tunnels. Elles trouaient des assises rocheuses, menaient insensiblement, encore plus bas. Si les passants dont les flots déferlaient d'une manière inlassable ne se montraient pas plus communicatifs, ils ne manifestaient aucune hostilité à l'étranger que j'étais.

Du moins ouvertement. Mais quelque sentiment qu'ils eussent nourri à mon égard sous leur feinte indifférence, curiosité pure, sympathie ou froideur, j'aurais persévéré dans ma plongée.

J'entrai à l'improviste dans une vaste salle où un homme, qu'on eût pu prendre pour un vieillard eu égard à la barbe toute blanche qui encadrait sa figure aérée et mobile, présidait une distribution de vivres. Sans m'en douter, j'avais atteint le terme de mon exploration. Mais sur le moment, il n'y avait que les traits puissants, rebondis même, de ce personnage qui excitaient ma curiosité. Ils trahissaient une énergie et une volonté assurément peu communes chez cette population. Ils attestaient justement un air de juvénilité dont l'absence m'avait tout de suite frappé en chacun ici. Voilà donc vers où se pressaient les habitants : cette ultime retraite, et voilà pour quoi faire : s'approvisionner. Et leur pourvoyeur était cet homme dont je n'avais pas rencontré de pareil à quelque étage que ce fût ! J'avais été éperonné jusqu'en cette cave par une excitation impérieuse sinon claire, et je tombais sur ce qu'il me fallait obtenir pour subsister, moi aussi.

Des femmes munies de paniers me précédaient devant une espèce de long comptoir. Elles s'entretenaient de menus faits, récitaient la chronique citadine et, comme tout le peuple présent, considéraient avec respect le père nourricier dont la majesté rappelait davantage celle d'un monarque, à la réflexion, que celle d'un patriarche. Lorsque mon tour vint d'être servi, car je m'étais ingénument mis dans le rang, cet homme se tourna vers moi, les yeux soudain fulgurants d'éclairs, les narines dilatées. Bien qu'il ne dît mot, les préposés à la distribution, sur le point de me remettre ma part de vivres, atterrés par sa mine farouche, se figèrent et attendirent son verdict. Un silence chargé d'une animosité ouverte, cette fois, succéda à l'indifférente et confuse criaillerie qui agitait l'atmosphère. Alors, d'une voix tonnante, le Vieux m'intima l'ordre d'aller quérir en haut je ne sus quel permis de séjour.

Je dus remonter un à un les étages de la monstrueuse taupinière, qui ne se composait que de galeries, de grottes et de recoins hostiles – telle elle m'apparaissait maintenant, et telle, je crois, elle était en fait –, en luttant à chaque marche contre le flot de la multitude, l'engluante coulée, s'engouffrant sans discontinuer.

Aux terrasses supérieures illuminées par les mille feux du jour et de la mer, je trouvai tout entièrement désert. Plus trace de l'animation d'avant ma randonnée souterraine ! Les habitants étaient descendus jusqu'au dernier. À qui m'adresserais-je ? À la constatation que les fonctionnaires de la ville eux-mêmes avaient délaissé leurs bureaux, je fus étreint par l'angoisse. Même les fonctionnaires ? L'inanité de mes efforts m'accabla. L'incertitude où j'étais quant à ce qu'il fallait faire, à ce que j'allais devenir, acheva de m'étourdir. Sans projet, l'esprit vacant, j'observai les éternels jeux de la mer éclairée par un soleil étincelant. Dans un accès d'humeur, je maudis les gens de cette ville autant qu'il en restât ! et je recommençai à visiter les terrasses.

Aucun mot ne saurait rendre ce que j'éprouvais au milieu de cet isolement. Je vérifiais combien l'on peut être un passant, un étranger, en certains lieux. De plus, j'étais là comme si j'avais, moi, fait fuir la population entière, provoqué ce vide.

Je me disposais de guerre lasse à chercher une issue afin de m'évader d'une ville qui s'était désemplie comme pour me chasser, et d'en finir avec ce crève-cœur, quand j'eus le sentiment physique que Radia m'attendait dans un des nombreux étages, et que c'était même la cause de ce dépeuplement. Plutôt que de fuir je devais aller vers elle.

Je me lançai à travers les couches des édifices, je courus dans toutes les directions. J'entrai dans des logements, dégringolai des escaliers, en montai d'autres, inspectai des corridors, explorai des fonds d'impasses, des compartiments. Dès que j'arrivais en quelque endroit, il me semblait qu'elle en était sortie la seconde d'avant. Et je me remettais à fouiller chaque coin. Je redescendis ainsi sans m'en apercevoir, aveuglément, l'immense spirale de la cité visible pour aboutir de nouveau aux portes de celle du sous-sol, des profondeurs, que, cette fois-ci, j'hésitai à franchir. Surmontant cependant ma répugnance, décidé même à braver les avanies qui m'attendaient, je m'y enfonçai.

Nul obstacle ne s'opposa à mon irruption, nulle défense ne me fut signifiée par qui que ce fût. Et pour cause. Ces souterrains étaient aussi vides que les étages supérieurs ! Rien. Personne. Mes pas résonnaient dans le désert. Où était passée la foule qui en encombrait toutes les voies, toutes les bouches ? J'allai, je pénétrai partout. Je tournai, j'appelai. J'errai. Pas un être vivant, aucune réponse. L'angoisse qui me talonnait depuis un moment se jeta si fort sur moi qu'elle me paralysa. Je voulus appeler encore. Il ne sortit pas un son de ma gorge. Ma vue elle-même s'obscurcit. Cet exode soudain de tout un peuple...

Avais-je apporté une malédiction chez ces gens et avaient-ils préféré m'abandonner leur ville au lieu d'y rester avec moi ? Peut-être étaient-ils tapis derrière ces murs et me surveillaient-ils. Ce pouvait être aussi un stratagème du pourvoyeur. Faisant cause commune avec l'inconnue de la plage, il avait résolu de me tendre un piège. Lequel aurait commencé (de toute évidence !) à agir dès l'instant où il m'était apparu que Radia se trouvait ici, que j'allais la revoir. De nombreuses forces se liguaient pour me faire expier l'audace avec laquelle j'avais défié la ville.

Un courant d'attraction dont je sentais vibrer en moi le flux m'entraîna vers la retraite du Vieux, le magasin aux provisions. Engagé sans réserve dans ce combat, j'étais disposé à m'y rendre moi-même et à y affronter la puissance que je savais y découvrir. Je parcourus vite un enchevêtrement de boyaux et y parvins. Au centre de cette salle démesurée, lorsque j'y débouchai, le même homme qu'à ma première visite, corpulent, majestueux, la barbe brasillante, trônait et souriait.

Interloqué d'abord, puis désarmé par la bonté de ce sourire dans l'enceinte même où je m'apprêtais à soutenir une lutte féroce, je fus un moment sans savoir quelle attitude prendre. Ensuite j'allai vers le Pourvoyeur, porté par un ardent désir de lui offrir mon respect et ma soumission. Je m'inclinai devant lui. Il m'eût été impossible de faire autre chose. Son autorité s'imposait avec une telle rigueur qu'elle m'en était presque intolérable et me domptait. Il souriait toujours, impassible comme une divinité. Son regard se fixait par-dessus ma tête, ce qui n'avait rien d'étonnant, juché qu'il était sur un piédestal. Au vrai, il guettait, je m'en rendis compte aussitôt, quelque chose se situant derrière moi que je ne pouvais voir. C'était à cela qu'il adressait son sourire. Là-dessus, une tiède nuée m'effleura les cheveux. Je pivotai vivement et aperçus Radia qui avait posé sa main sur ma tête ! Mais, ô tristesse, ce n'était pas elle ! Une projection d'elle uniquement flottait près de moi comme une source de lumière ! Je sus alors ce que vous fait un bonheur à la fois retrouvé et perdu : je pris acte de cette protection lointaine, dont l'influence me parvenait d'un autre monde.

Cependant la salle s'estompa en un clin d'œil et cessa d'exister. Le Pourvoyeur aussi fondit, et je fus, de là, conduit par Radia, ou plutôt par le corps d'une flamme bleue qu'elle avait emprunté, à travers les soubassements de la terre. En route, je commençai à deviner de quel mauvais pas elle m'avait tiré. *L'autre !...* Elle avait tissé autour de moi d'éblouissants sortilèges. Radia avait à coup sûr intercédé en ma faveur auprès du Vieux à l'instant où l'irrémédiable eût risqué de s'accomplir. Mais ce que je ne pouvais comprendre, c'était comment *l'autre* avait su s'attribuer l'allure, l'air de Radia, au point où ressemblance égalait identité. J'étais préparé à donner la tête la première dans les embûches les plus imprévues, à endurer les pires souffrances ; non pas à affronter une telle abomination : l'esprit du mal sous les traits aimés. Elle aussi, Radia, devait se garder de pareilles traîtrises. Ainsi, plus moyen de la rejoindre, de la revoir, où que ce fût désormais, sans me mettre du même coup à la merci de *l'autre*. Je ne soupçonnais pas, au départ, que je serais la proie d'un jeu si démoniaque, d'une équivoque si inexorable.

J'eus le loisir d'y songer tout le temps que dura l'obscure traversée. Celle que je considérais plus et mieux qu'une promesse : une certitude, voilà qu'elle était juste une lueur me précédant ! Ce qu'elle ne saurait même pas être un peu plus tard, il y avait tout lieu de le craindre. Elle continuerait d'aller, image changeante et miroitante à l'infini, et d'avoir connu son corps tendre, le parfum de soleil de ses cheveux, le jaillissement de ses seins, n'y changerait rien. La lumière ne serait-elle que le masque des ténèbres ? Partout et au fond de tout, ne rencontrerait-on que la nuit et ses monstres ? N'y aurait-il pas quelque part, au-delà, une contrée de paix et de douceur ?

J'avançais à travers des couches basaltiques, quand un gémissement, faible d'abord, s'éleva des entrailles de la terre et se transforma vite en un meuglement continu. On eût dit le murmure d'un réacteur géant enfoui au centre du globe. Cette impression qui s'imposa d'emblée à moi me procura un malaise. Inaltérable, la flamme azurée dansait, suspendue à quelque distance. Je tâtonnais derrière elle dans le noir avec le sentiment d'affronter un mur infranchissable mais qui se déplaçait sans arrêt. L'obstacle se détruisait de lui-même ; plus : il servait de médiateur, de conducteur. Luttant aussi contre un sommeil invincible, je n'imaginais guère la destination vers laquelle j'allais.

Il me fallut longtemps marcher pour voir se découper toute une ville dans une espèce de brume diaphane ! L'échappée, aussi trompeuse qu'elle parût être, sur un paysage au cœur duquel brillait, comme une gemme, cette autre métropole, me tira d'un coup de ma somnolence. Après le cheminement souterrain, la façon dont je faisais surface et revenais à la lumière me laissait pantelant.

Ainsi que le départ de l'étoile ! Évanouie subitement, elle n'avait épanché en moi qu'une vague de douceur à la seconde où elle s'était éteinte. À la même seconde, j'avais pu distinguer un corps aux formes élancées et des yeux brûlant d'une flamme bleue. Ce fut très rapide ! Était-ce assez pour dissiper les doutes que je conservais encore sur l'identité de mon guide ?

Mais alors fulgura une nouvelle lumière, blanche, surnaturelle, et une explosion terrifiante s'ensuivit qui secoua les tréfonds. J'oubliai tout le reste. La ville surgie des limbes se matérialisait à cet instant seulement.

Et la gemme : qu'était-ce donc ?

Je luttai pour me résoudre à regarder l'apparition qui venait de prendre consistance sous mes yeux. Si j'avais eu à donner un nom à cette ville, je l'aurais appelée la Ville du Soleil. Sa structure, scintillante ici, crayeuse là, opaline ailleurs, provoquait une sensation d'insupportable chatoiement. Je ne parvins pas une fois à la fixer comme il faut. Elle répandait la fraîcheur des novae ; une sorte de babil incompréhensible, sauvage et doux, s'en élevait. De la même façon que j'eus du mal à me faire à sa réalité et à capter son image vibrante, je mis du temps à m'habituer à son pépiement. Cela fait, elle demeura encore pour mon entendement, comme pour mes sens, une chose *lointaine.*

Elle s'était révélée aussi d'une manière qui ne constituait pas un phénomène ordinaire ! Et ce que je vais ajouter passera pour incongru, irrecevable. Cette ville, c'était Radia, Radia ainsi métamorphosée, ou quelque chose d'elle. Qu'on me comprenne bien : je ne veux pas soutenir qu'elle s'était substituée au corps, à l'être de Radia. Non. Un autre corps et un autre être de Radia en avaient pris la forme. C'était une des manières de paraître de Radia. Placé devant elle comme je l'étais en cet instant, il m'eût semblé inconcevable qu'une objection pût même être élevée contre une telle évidence. Une brise s'en dégageait qui caressait les yeux et le cœur, éparpillait toutes les incertitudes et ne pouvait me tromper. Elle possédait cette souplesse, cette fluidite, – cette grâce quasi enfantine et cette blondeur vive, qui n'appartenaient qu'à Radia. Je la regardais et tremblais. Ce n'était pas un rêve, ni rien qui ressemblât à un rêve, loin de là. C'était bien une ville, mais une ville-Radia. Je n'osais m'en approcher, j'avais peur de... – de rompre le charme sûrement, mais aussi de quelque chose d'autre : j'appréhendais sa beauté, la force de sa splendeur, l'être d'amour à l'influence duquel je me trouvais si violemment exposé. Je restais là, changé en objet de rêve, – comme si j'étais, moi, l'objet de son rêve.

J'entendis alors une voix murmurer avec insistance :

– Va. N'hésite plus.

Je me remis à marcher. La ville eut l'air de sourire énigmatiquement.

J'allais sous la brise persistante, inépuisable. L'expression mobile dont elle s'enveloppait lui conférait un éclat frémissant. Bien qu'il soit au-dessus de mes capacités de dire en quoi consistait exactement cette expression, celle-ci me paraissait être de quelqu'un qui vous examine soigneusement.

« N'aie donc pas trop l'air d'hésiter », me soufflai-je aussi à moi-même.

Cette ville était authentiquement femme ; mais combien il était difficile de se faire à cette idée, et plus d'en prévoir toutes les conséquences.

Le cœur battant, je me dirigeais vers elle.

– Voudrais-tu que je vienne à toi ?

La voix était sans conteste celle de Radia, mais elle naissait de cette lumière. Ces paroles furent suivies d'un rire perlé. Je frémis, conscient de leur caractère inouï ; je n'avais jamais supposé avoir à faire un jour pareille rencontre.

La voix monta, plus nette encore et plus forte :

– Des messagers (elle mit sur ce mot un accent particulier, comme de connivence) ont annoncé ton arrivée ; la ville le savait déjà et elle te souhaite un bon séjour. Elle mettra tous ses moyens à ta disposition et tu en useras à ton gré.

Anomalie qui me laissait perplexe : j'entendais bien le sens de chaque parole mais non la parole elle-même. J'inclinai la tête en signe de remerciement. Si ces mots recouvraient une ruse, celle-ci ne pouvait être plus satanique ; c'eût été le mal absolu. Je n'en croyais rien. Aussi, la faible distance qui me séparait de la cité-Radia, commençai-je à la franchir rapidement.

Venant au-devant de moi, à mi-chemin, une main blanche se posa sur mon front. Elle glissa sur mes yeux, alors que je continuais à marcher. Je vis plus clair, un voile s'écarta de ma vue.

– Pose tes regards droit sur moi et viens, reprit-elle.

Je n'éprouvai plus d'hésitation. Je parcourus sans difficulté des rues qui me donnaient l'impression de se souvenir de moi. Elles se déroulaient pourtant dans un espace et un temps différents de ceux que j'avais jamais connus.

Invisible, une résistance me barra bientôt le chemin. Je tendis mes regards à travers la perspective, ne décelai rien d'insolite. Je me retournai : rien, non plus.

– Qu'y a-t-il ? m'impatientai-je.

Une sorte d'aurore brilla, balayant soudain toute la longueur de l'avenue, et Radia, puis deux Radia, puis dix, puis cent, puis plusieurs centaines de Radia surgirent et jalonnèrent la profondeur de cette artère. Elles peuplèrent la ville entière. Je courus dans cette foule de Radia, le cœur prêt à exploser de joie. À droite, à gauche, dans les voies latérales, de l'une à l'autre. Toutes pareilles ! En chacune, je découvrais Radia en ce qu'elle avait d'unique. Je commençai à avoir chaud, très chaud, une redoutable lumière, succédant à la pâle aurore, consumait les rues à présent. Et elle ne faisait qu'augmenter d'instant en instant. (Elle débordait – je l'aurais juré – de ces innombrables corps de Radia réunis dans la cité.)

Elle ne mit guère de temps à tout dévorer, tout amenuiser. La ville ne fut plus que transparence brûlante, verre déchirant, âme dénudée. La rétine cruellement blessée, j'étais de nouveau abandonné. Je sombrais dans la solitude, l'errance, à la minute même où la cité-Radia s'épanouissait autour de moi en une brume solaire ; – où son visage auréolé, mouvant, n'avait plus de source distincte et où, le cherchant, je n'avais plus qu'un cri dans la bouche.

– Tu m'as vue ! Tu m'as vue ! répondit la voix de flamme à ma clameur.

Je lui lançai :

– Ne me laisse pas seul !

Et j'allais l'appeler encore, et toujours, quand elle s'éteignit.

Sur l'emplacement de la ville, aussitôt, le golfe céruléen émergea, la plage, infini ocre et gris, s'étala. La mer sursautait comme si elle recevait des décharges électriques ou qu'elle fût émue par sa propre nudité. Debout dans le sable humide que les vagues, en m'embrassant les chevilles, aspiraient peu à peu sous mes pieds par une imperceptible succion, j'attendais. Rien ne se passait, rien n'arrivait. Je ne savais pas même si j'étais là, ou ailleurs encore, mais simplement qu'il existait un moi sur une plage et qu'il attendait et ignorait ce qui pouvait survenir. C'était cela une naissance. Peut-être. Une étincelle me tirait du néant, de la chrysalide où, être virtuel, je dormais et veillais à la fois. Il s'écoula un temps dont aucune mesure ne saurait donner une idée exacte. Des siècles. Et la même main s'appliqua sur mon visage, plus précisément sur mes yeux, qu'elle recouvrit.

Nul changement ne se produisit en moi ou autour de moi. Je continuai d'attendre. Il me semblait traverser des espaces sidéraux dans une navigation rapide, souple, ininterrompue, et peu à peu, sous la blanche main ajustée sur mes yeux, je distinguai la jeune femme inconnue de la plage.

Le corps bronzé, elle venait le long du rivage de son allure fatidique. Elle se dirigeait vers moi, comme auparavant, sans paraître vouloir expressément m'atteindre. Je me changeai en pierre.

Aussitôt après, elle fut en face de moi. Elle me dévisageait avec un sourire tellement imprécis que je me demandai si elle souriait vraiment.

Elle s'enquit, le regard au loin :

– Qui t'a mis ça ?

Je ne saisis pas à quoi elle faisait allusion ; elle dut s'en apercevoir. Elle oscilla légèrement de côté et eut un mouvement du menton en direction de mes yeux.

– Cet anneau entre les yeux.

– Un anneau...

– Double.

– Un anneau double ?...

Je fus incapable d'en dire plus. Elle reprit :

– Eh bien ?...

Un rire retenu lui coupa la parole. Je n'en avais jamais entendu d'aussi étranger, d'un effet aussi déconcertant. Je ne sus pas plus que la première fois quoi répondre. À ce moment, elle me regarda dans les yeux. Je fus brutalement renvoyé d'un monde dans un autre tout d'azur et de feu où, inhumainement belle, elle évoluait en maîtresse, sans partage.

Du fond de ces espaces de braise, sa voix de nouveau s'éleva avec la dureté, la stridence des cris des takas :

– Qui est-ce qui te l'a donné ?

Ne le savait-elle pas ? Une pression démoniaque, dépassant en force tout ce qu'on peut tolérer, s'exerça sur mon corps et, s'ajoutant à cela, un jet de chalumeau oxhydrique me fouilla l'intérieur.

Sur le point de me dissoudre, je haletai, n'en pouvant plus :

– Radia.

– Radia ! hurla la voix avec une impétuosité de turbo-réacteur sans qu'un trait du visage rigide de l'étrangère tressaillît.

– Radia, soufflai-je encore sans force ; je crois en toi.

Avais-je dit ou seulement souhaité dire ces paroles ? Bien qu'elle maintînt sur moi le flamboiement inflexible de son regard, je sentis décroître par vagues la calcination à laquelle j'étais soumis. Elle me considéra même, après cela, avec une espèce d'indulgence détachée. La main, plutôt l'anneau que j'avais pris pour une main, était toujours posé au-dessus de mes yeux, me rendis-je compte. Le regard aux multiples facettes de l'inconnue se figea. Fondu en un caillot de verre, ce regard n'en fut plus un, n'eut plus de sens.

Mais une fois encore, la voix monta du fond de cet être qui ne remuait jamais les lèvres :

– Il y a des forces en jeu. Cet anneau t'a sauvé.

Ces deux phrases n'étaient pas adressées spécialement à moi. Elles avaient été prononcées, comme on dit dans des cas semblables, à l'intention d'un interlocuteur invisible.

Revenant par la grève, elle s'approchait lentement, elle longeait les eaux, toujours sans voir. Arrivée à ma hauteur, elle eut un sourire lointain, d'une tendresse indéfinissable, des coins des lèvres.

J'étais tombé, la face contre le sable. La jeune femme avait déjà parcouru une si grande distance sur la plage qu'elle semblait s'être transportée d'un bond aux abords de l'horizon. Et juste quand mes regards eurent repéré sa présence, elle disparut comme on passe une barrière. Je dus faire effort sur moi-même pour ne pas me ruer sur ses traces, tenter de la rattraper. Je reconnus cette impulsion : c'était celle-là même à laquelle je n'avais su résister lorsque, déjà une fois, pour la rejoindre je ne redoutai pas de traverser la mer. Il fallut que je me retienne, me cramponne au sable en serrant les poings et en versant des larmes de sang, cependant qu'un cri atroce de taka montait le long de la mer.

Le taka se lamenta encore, s'arrêta, puis encore, sans interruption.

Il hurla à anéantir le monde.

Il ne réussit pas à m'arracher de ma place.

Cette dernière épreuve me vida de toutes mes forces mais me soulagea. Je me relevai, vaguai, incertain, indolore, diffus. Le voyage et la rencontre qui devaient s'ensuivre...

J'hésite à en ranimer le souvenir.

Elle avait dit...

Mais qui avait dit ? Je n'en ai plus souvenance, et je ne parviendrai jamais à me le remémorer !

Sans doute est-elle nécessaire, cette perte de toute notion des choses. Je me rappelle qu'à la fin mon regard fut attiré par un anneau étincelant tournoyant lentement au centre de la mer, et c'est tout.

C'était sûrement un anneau de même nature qui vibrait sur mon front, – dont je ressentais la brûlure entre mes yeux. Une voix paraissait y être enfermée. Hallucination ? Caressante, elle arrivait à mes oreilles d'autre part.

– Poursuis ton chemin, disait-elle.

Mon engourdissement prit tout de suite fin. J'entrai dans une ville fumante où les édifices s'étiraient interminablement en hauteur, – véritables pics, empanachés au surplus de geysers d'escarbilles que de brusques flambées faisaient de temps en temps farouchement rougeoyer et épanouir. Tous, sans exception, tous abritaient le même embrasement aride. Une lueur vorace, à l'image d'une personne de feu, s'échappait des fenêtres par moments, ou volait de l'une à l'autre. Quelquefois elle filtrait, puis rentrait ses griffes à travers des fissures qui se rejoignaient sur-le-champ.

Malgré ces fréquents éclats, il fallait marcher presque à l'aveuglette. Guidé par une main infaillible, j'allai de-ci, de-là, entre ces gratte-ciel dont chacun renfermait une fournaise et, dans mon esprit, se réveillaient des réminiscences. Les êtres qui vivaient là, de quelle sorte étaient-ils ?

La réponse me fut vite fournie. Des nuées passèrent et repassèrent à tire-d'aile au fond de la ville, pénétrèrent dans les constructions, en sortirent. (C'en étaient peut-être d'autres !) Chacune formait une concentration de force à laquelle il n'était, selon toute apparence, guère indispensable de s'affubler d'un corps. Elles seules hantaient la ville. Même si elles libéraient parfois des éclairs, elles n'étaient probablement pas aussi redoutables qu'elles en donnaient l'impression.

À intervalles réguliers, elles se groupaient selon un ordre déterminé. Mon œil captait leur va-et-vient d'ombres blanches et demeurait fasciné par le ballet que composaient leurs vols. Les réminiscences qui me tracassaient... Elles avaient un nom : les takas ! Les formes météoriques dont j'observais les évolutions étaient des takas ! Je ne me rappelais plus où ni quand je les avais vus pour la première fois. Du coup, je fus sur mes gardes : mon premier mouvement de méfiance ne m'avait pas trompé.

« Qu'ai-je à faire, ici ? me dis-je. Je vais m'en retourner. »

Un rire fut la réponse qui me parvint :

– Où ? T'en retourner où ?

Où, en effet ? Et je ne pus sortir de la ville de feu.

J'examinai les parages : personne pourtant qui s'occupât de moi ou cherchât à me retenir. On n'a pas besoin d'aller chez eux, du reste, pour que les takas vous retrouvent quand ils le veulent. Ils sont présents là où ils le désirent. Ce n'étaient pas eux, par conséquent, qui eussent tenté de me faire prisonnier. J'étudiai le jeu de ces constructions où chacune s'emboîtait dans sa voisine afin de former une masse que les takas s'amusaient à traverser ; les fenêtres même dont elles étaient criblées se révélaient être des alvéoles à peine imprimés sur les façades. Bientôt j'enregistrai une légère griserie. Cette ivresse dont il m'était difficile de me défendre, et de déterminer l'origine, me parcourait à flots. J'aurais dû à ce moment ressentir de la crainte, être troublé. Mais non. Je voyais bien que je me trouvais dans un enfer et cela ne m'affectait plus. J'enfilais détour sur détour sans aucune espèce d'anxiété ; plutôt avec une sensation d'euphorie. Partout m'attendaient le même spectacle, les mêmes blocs grisâtres et incandescents.

Et des takas.

Mais eux m'ignoraient.

« Qu'est-ce qu'ils pourraient bien me faire s'il leur prenait la fantaisie de s'aviser de ma présence ? » Et, dans ma tête, à cette question succéda une autre : « Est-ce permis d'attirer ainsi un homme dans la géhenne ? »

Cette fois non plus, la réponse ne se fit pas attendre, mais sans le rire de tout à l'heure.

– Oui ! Il le faut.

Pourquoi ? demandai-je mentalement. Qu'est-ce qui l'exige, et qui l'exige ?

J'écoutai.

Pas de réponse.

Sous mes yeux, dès lors, un système de ponts coulissants, des charpentes, des échafaudages se mirent à pousser sur les édifices. Ils se déroulaient, se rejoignaient, se soudaient ensemble. Puis ils se séparaient. Ils s'entrelaçaient de nouveau pour dessiner dans l'espace les arêtes d'une architecture arachnéenne. « C'est une ville mobile, spéculative ! », notai-je à part moi. Des bras, des nervures grêles et dures se développaient sans arrêt sur les bâtiments et donnaient naissance à des structures toujours renouvelées. Ces projections, soupçonnai-je, constituaient les seules formes de vie possibles ici. Le flux qui en émanait ne perdait ni de sa force ni de son acuité. Tout mon corps en alerte était pénétré par ses courants multiples et changeants, les mêmes qui entouraient la cité d'une brume impalpable.

Transporté au-delà du temps ! J'en eus soudain conscience, mais calmement, du centre d'un espace qu'aucun remous ne venait modifier ou troubler.

L'architecture des gratte-ciel s'était ramifiée à l'infini, elle tendait maintenant de toutes parts, dans l'air gris, ses réseaux, ses tentacules, et il était parfaitement vain de vouloir fuir. Je me voyais cerné par un fourmillement d'antennes qui se subdivisaient à mesure que j'avançais. Pendant que je savourais le frisson allègre qui endormait mes inquiétudes et ma vigilance, je m'étais laissé prendre ! Me voici dégrisé, mais trop tard ! La ville s'assombrissait en même temps que son rayonnement augmentait. Dans ce déclin, elle brillait comme un soleil noir. Ses constructions complètement dépouillées de leurs formes titanesques pour n'être plus que des linéaments articulés déployés à partir de noyaux polyédriques, manifestaient une saisissante cohérence qu'elles érigeaient à la manière d'un symbole. Ce qui avait figure de désordre s'étant effacé, cette ordonnance, atteinte, et les effilements, les torsions ayant cessé, un indicible sentiment de paix planait.

Ce fut la minute choisie par les takas pour cingler l'atmosphère de leurs vols, qu'ils accompagnèrent, chants autant que plaintes, d'ululements fous. Le vacarme grandit et devint infernal. Leurs clameurs se modulèrent, se suivirent à de telles hauteurs, que la trame, les structures de la ville en furent atteintes, qu'elles fléchirent et commencèrent à fondre comme si elles eussent été de cire.

Le cours de cette transformation ne s'arrêta pas là. Tandis que la cité s'effondrait, s'éloignait pour mieux dire, les takas empruntèrent l'aspect de silhouettes humaines ! Ils flânèrent en me jetant des regards obliques de cruauté dissimulés sous l'air le plus dégagé. Je me souvins d'êtres identiques qui avaient envahi, avec leurs constructions, une autre ville ! Ils étaient des étrangers, des indésirables, là-bas. Moi, ici, je me trouvais chez eux. Toute l'abomination passée me remonta à la mémoire. Je m'apprêtai à être le jouet de cruelles fantaisies : ils feraient de moi je n'osais imaginer quoi.

En attendant, ils se livraient à d'odieuses singeries. Ils prenaient avec affectation des manières avantageuses, ils échangeaient entre eux d'insistantes politesses, et sautaient au même moment les uns sur le dos des autres en exécutant d'abjectes cabrioles. Puis ils imitaient des vieillards, clopinaient, et d'un coup, ils détalaient à toute allure. Pendant que certains faisaient mine de lire leur journal – un journal inexistant – il y en avait qui passaient en pétaradant avec l'air de conduire des autos ou, trottinant sur des jambes courtaudes, maniaient des propulseurs imaginaires.

Tout cela, éclairé par la funeste réverbération de la ville monstre.

Ils avaient ensuite élevé des devantures pour des magasins où tout était fictif : produits, objets et clients. L'esprit absent, je circulais au milieu de ces apparences, renvoyé d'un reflet à l'autre. Leurs cris, qui paraissaient se déchaîner dans ma tête, annihilaient toute pensée saine : ils n'étaient ni de fauves, ni de serpents, ni d'oiseaux, ni de machines, ni d'hommes, mais d'autre chose. Avec cela, les takas ne se lassaient pas de troquer leurs formes entre eux, de se défaire sans répit de celle-ci pour adopter cette autre. Ils se dressaient sur des jambes hautes comme des colonnes et, se raccourcissant, s'aplatissaient, masse gélatineuse. Ils présentaient alors un mufle gigantesque, n'étaient plus que mufle flairant, reniflant ; puis ils se couvraient de touffes d'herbe, et pierre pourrie, se fissuraient, s'effritaient. Ils se faisaient branchages, racines, se muaient sans transition en hommes-moutons, femmes-girafes, enfants-alligators, dieux-avions, anges-fusées. Et de nouveau, en femmes-femmes et hommes-hommes. Prolifération, combat, désordre. Aucune description ne fournirait une idée tant soit peu approchante de cette génération perpétuelle. L'exubérance même de ces revirements avait un caractère malveillant et implacable.

Cependant ce qui se passa après peut plus difficilement encore être rapporté. Comme sur un ordre secret, tous les takas se groupèrent, formèrent une colonie et, bientôt, ne se distinguèrent plus les uns des autres. Cette collusion aboutit à la chose la plus épouvantable dont il m'ait jamais été donné d'être le témoin : procurer un corps à Radia ! Les cris des takas s'interrompirent à ce moment, laissant refluer un calme trop semblable à un vide ; et aussi compact, aussi destructeur. Ce fut mon tour d'être possédé d'envie de crier, de hurler, à la folie, à la mort, de me déchirer la figure, de m'arracher les yeux de mes propres ongles.

Radia était là, devant moi. Il m'était loisible de la contempler autant que bon me semblait. En étendant le bras, il m'aurait même été possible de la toucher. Mais, solitude, la plus incorruptible des solitudes, elle, séparée de moi d'une longueur de bras, paraissait me regarder d'un autre versant de l'univers, et moi, je ne pouvais esquisser un mouvement, faire sortir une parole de mon gosier. Sa présence était faite d'éloignement, de distance, d'immersion. Elle souriait pourtant, et c'était à moi qu'elle adressait son sourire ; oui, à moi.

Qu'était-ce donc qui m'arrivait là ? Me trouvais-je réellement en face d'elle ? Je n'en étais plus très sûr en fin de compte, je ne savais en quoi elle demeurait impénétrable, différente, bien que ce fût elle jusque dans la lumineuse ardeur de son regard, jusque dans cette attitude d'attente muette, vigilante, qui a toujours été la sienne. Alors ?

Tout en la considérant à travers le silence qui nous séparait, du fond de moi-même je l'appelai :

– Radia ! Radia !

Et la réponse arriva :

– Je t'ai montré mes demeures les plus lointaines.

Cette voix ! Elle ne provenait pas de la femme qui m'observait, les pieds touchant à peine terre.

De nouveau, je suppliai :

– Radia ! Radia !

– Je t'ai montré les demeures qui sont à la limite.

J'avais gardé les yeux tout le temps fixés sur elle. Ses lèvres n'avaient pas remué, son visage brillait de plus en plus intensément, inondé par l'aurore aveuglante d'un sourire. Aveuglante au point qu'elle la dissimulait comme derrière un rideau de lumière ; et dans un sentiment diffus, il me parut reconnaître en elle celle qui marchait sur le rivage. Brusquement celle-ci, puis brusquement elle-même : elle se dressait brusquement près de moi, et accourait brusquement de très loin. L'éclat qui se répandait à chaque phase de ses yeux, seul, restait inchangé.

J'appelai encore :

– Radia !

– Hellé ! répondit la même voix illimitée.

Il se développa en moi une flamme d'un coup attisée à l'annonce de ce nom ; je me sentis consumé du dedans.

La voix emplit une fois de plus la trame ombreuse de la ville :

– Je t'ai montré les demeures qui rapprochent.

J'allais prononcer des paroles comme, par exemple :

« Tu me fais traverser les cercles de l'enfer. Pourquoi ? »

Mais de la même façon que cela s'était produit à plusieurs reprises déjà, avant que j'eusse ouvert la bouche, je l'entendis me répondre :

– Il est des choses, Iven Zohar, sur lesquelles tu ne peux poser de questions... et sur lesquelles tu n'auras aucun pouvoir.

Elle se tut. Elle reprit après un long silence :

– Cours sur la rive sauvage ; peut-être sauras-tu...

Aussi énigmatique qu'elles fussent, ces dernières paroles, il me semble les avoir entendues ou attendues depuis longtemps. Je les compris dans un éclair. Une violente joie fondit sur moi sans que la fascination tarît ou diminuât.

Et peu à peu, je la vis sortir de l'immobilité, légèrement flotter et se rapprocher de moi ; peu à peu... jusqu'à me toucher.

Et peu à peu, ses bras de miel me ceignirent. Elle inclina la tête et posa doucement ses lèvres sur mon cou.

Peu à peu, ses lèvres me communiquèrent leur chaleur tout en restant insensibles. Je ne tardai pas à percevoir le souffle qui en sortait, fluide, dont l'influence me rassérénait.

Puis je la retrouvai, dressée devant moi, hors d'atteinte, souriant par-delà toute tendresse. Je n'avais plus de questions à lui poser.

Elle se dispersa dans une déflagration qui supprima tout, et la ville remonta, reflua du vide où elle s'était momentanément dissoute. Et revinrent : édifices en forme de ziggurats posés sans ordre dans le crépuscule, lueurs inquiètes guettant aux fenêtres-alvéoles ou courant de l'une à l'autre. J'avais vu comment la fleur criait, la pierre criait, l'air criait, comment ce cri se levait, entreprenait le tour des choses, et comment cela n'était à vrai dire que des agissements de takas. Avatars, travertissements : j'avais touché là, incontestablement, à la fin et à l'origine de toute chose. Ce qui ailleurs se présentait dans une succession, déroulait une chaîne de causes et d'effets, ici poussait simultanément. Me trompais-je ? Radia elle-même reproduisait si fort l'allure de l'inconnue de la plage... À moins que ce ne fût le contraire.

Laquelle des deux s'emparait de l'image de l'autre ?

Je laissai mes regards vagabonder sur le décor lourd de ruse. Les takas, silencieux, éparpillés, s'affairaient avec une diligence fébrile. On n'eût pu supposer qu'ils se livraient à des activités ordinaires : ils tournoyaient dans tous les sens. Je me retrouvais seul parmi eux. Si seul. Leur présente ardeur avait-elle quelque rapport avec l'exhibition dont ils m'avaient gratifié tout à l'heure ? L'auraient-ils su eux-mêmes, je ne pouvais espérer qu'ils m'en informent. Radia avait déclaré : « Je t'ai montré les demeures de la limite, les demeures qui rapprochent. » À moi de les interpréter, ces propos, puisqu'elle s'était éclipsée une fois de plus. Une explication n'était pas même nécessaire, en fait. Ce qui se passait sous mes yeux parlait éloquemment : je circulais au royaume des significations, je foulais la terre des signes.

Ce dont je ne finissais pas de m'étonner, c'était la protection qu'étendait sur moi celle que je ne me lassais pas de poursuivre. Elle me savait à chaque instant en marche vers elle, me voyait sans cesse à sa recherche : me couvrait-elle de sa puissance tutélaire pour cette raison ? Dans ce cas, pourquoi me laisser quêter, errer, arpenter toutes ces villes ? Pourquoi... Si je ne savais pas qu'elle me gardait, passe encore !

Mais au cas où par hasard la vigilante gardienne rencontrée ici et là n'eût pas été Radia ! où c'eût été quelqu'un d'autre ! où c'eût été *autre chose !* Non. Je me refusais à admettre, à envisager même que fussent possibles de pareilles interversions.

Pourtant...

En premier lieu, nul être n'était en mesure de m'éclairer là-dessus. (Et encore lui eût-il fallu, s'il s'en était découvert un, avoir plusieurs identités.) Qu'à chaque occasion ce fût Radia que j'avais vue, approchée, retrouvée et... perdue : rien, absolument rien ne me le garantissait. Sinon qui pouvait bien être Hellé ? C'était là que je touchais au plus opaque de cette aventure, c'était contre cela que je butais.

Je proférai un blasphème. J'avais oublié à tant réfléchir que j'étais toujours chez les takas. Ils me laissaient libre d'aller où je voulais. Ce ne serait peut-être plus le cas dans un moment ! Ils me laisseraient libre jusqu'à l'instant où je m'aviserais de leur échapper. Je les verrais alors se jeter à mes trousses ! Et m'enchaîner, m'écarteler, m'habiter à plusieurs ! C'est leur procédé favori, le plus raffiné de leurs supplices, quand ils décident de perdre quelqu'un. J'en avais été sauvé in-extremis, peu de temps plus tôt, par Radia justement ! qui les avait tous absorbés dans son corps. Sans quoi, ils m'auraient partagé, désuni, fragmenté entre eux !

Je m'éloignai insensiblement.

Puis je hâtai le pas ; puis je courus. Où me réfugier !... Je ne voulus pas chercher. Je galopai, galopai.

Les poumons commencèrent à me brûler. Pas un seul taka ne semblait s'être douté de ma fuite, nul d'entre eux ne me suivait. Je comprimai le feu qui m'incendiait la poitrine, ne regardai pas la boue que je piétinais, dans laquelle mes jambes fondaient. Je ne pensais qu'à prendre le large.

Je courus encore un peu. Et je m'effondrai.

J'attendis l'écartèlement.

Les édifices ainsi que l'activité des takas baignaient dans le même calme.

Je fus un instant avant de croire à cette tranquillité. À la fin, je compris. Je n'essayai pas alors de fuir une nouvelle fois. La ville s'était déplacée, elle s'était reconstitutée sans arrêt, à tous les pas, autour de moi. La hantise de lui échapper à n'importe quel prix me quitta, et je n'imaginai plus aucun moyen extravagant de me délivrer. Si un châtiment m'était réservé, il se pouvait que ce fût d'être son prisonnier, au bout du compte. L'image de Radia m'envahit. Si elle ne me portait pas aide, j'allais rester banni ici jusqu'à la consommation des temps.

Comme sur un ordre encore, les takas reprirent leurs gémissements. Mon cœur se crispa. Ils revenaient me rôder autour, et me flairer, eût-on dit. Je considérai aussi les constructions. Elles s'étaient remises à croître, à s'effiler, à tendre de nouveaux tentacules qui en rejoignaient d'autres et s'entrelaçaient avec eux. Machinalement, je décampai.

– J'userai jusqu'à la dernière parcelle de mes forces plutôt que de me laisser emprisonner ! m'écriai-je, révolté.

J'étais en effet résolu à endurer tout sauf la torture que les takas me préparaient. Tant, il en flottait en l'air à présent, que les édifices s'estompaient. Ils vagissaient comme à l'habitude, sanglotaient tragiquement. Sans reprendre souffle, sans même songer à ce que ma tentative avait d'insensé, je continuai à courir à grandes foulées, exécutai de nombreux détours dans l'intention d'acquérir un mouvement qui me fût propre et me fît me soustraire à la diabolique escorte de la ville, attachée à mes pas comme une ombre.

Je ne m'affranchis pas de son emprise malgré tous mes efforts ; elle me tenait dans ses serres. Les takas ne paraissaient pas s'intéresser à moi. Le sentiment que quelqu'un ou quelque chose me sauverait, pour absurde que cela m'eût l'air, m'empoigna. Je pensai à un secours apporté par Radia. Mais Radia, où était-elle ?

J'attendis, espérant. Aucune chose ne bougeait, les constructions se démembraient autour de moi, à la même distance, ni plus près ni plus loin, et avec quelle lenteur !... Une lenteur qui raidissait la ville plus que l'immobilité.

– Je ne me dépêtrerai jamais de cette fantasmagorie.

Ce fut dans cette atmosphère interdite que des essaims de takas me cernèrent. Je ne sus plus que faire.

Je fermai les yeux et murmurai :

– Radia.

Mais je me disais :

« Il n'importe qu'elle apparaisse. Je proclame son nom pour être à même de supporter mon supplice. »

L'impression de présence m'enveloppa soudain qui m'avait déjà frôlé. *Elle,* toutefois, elle n'était nulle part.

Un anneau de lumière, qui flambait doucement, se projeta à quelques pas, au niveau de mon visage, à ce moment. Il eut l'air de m'appeler. Je fonçai à sa suite. La ville mouvante cessa d'exister.

Sitôt qu'elle fut hors de vue, un altirostre carapaçonné de fer se jeta sur l'anneau, le happa et s'enfuit. Cela me fit une impression horrible. Quand bien même je ne fusse pas parvenu à décider si c'était un mauvais présage, je regrettai cette disparition... et me gardai d'interrompre ma course.

Un immense horizon, où le soleil se couchait, se déroulait et s'approfondissait devant mes yeux. Intrigué, je m'évertuai à l'atteindre. Je ne tardai pas à faire irruption en haut d'un large escaladeur. Je m'arrêtai. Mon cœur battait si fort qu'il semblait vouloir s'échapper de ma poitrine. Multiple, baroquement déployé, l'escaladeur dominait des terres reposant au fond d'une grisaille d'or. Examinées de la hauteur où je me trouvais placé, celles-ci révélaient un dessin d'une particulière pureté : un réseau de coordonnées et de paraboles en recouvrait le plan intégralement. La secrète harmonie dégagée par un tel aménagement me pénétra ; je me sentis réconforté.

Cette vision ne dura que le temps que je mis à la surprendre. En lieu et place du mystérieux et splendide tracé dont le coucher du soleil avait encore amplifié l'étendue, renforcé l'attrait, naquit une ville. Une ville dévastée, béante. L'ensemble conservait bien l'ordonnance que j'avais originellement entrevue, et celle-ci prodiguait le même enchantement. (Elle avait été conçue pour que cet effet ne cessât d'agir quelque variation qu'eût à subir l'aspect du paysage : c'était clair.) Mais c'est une erreur ! m'insurgeai-je, devant une telle défiguration. Ce n'est pas possible ! Il y a erreur quelque part !

Le sentiment de bonheur m'abandonna qui venait à peine de me submerger. La beauté ne laissait saillir que des formes agressives, un corps de pierre démis. À mesure que je descendais les marches, ces ossements de constructions éclatées me semblaient avoir appartenu à des temples. Ma progression me mit en présence de manières d'idoles. Je crus déceler que là se trouvait enchaînée toute une race – de dieux ? – qui ne renonçait pas à survivre. Entretenu par la garde qu'ils montaient, un puissant silence pesait sur ce monde pétrifié. Silence qu'une sorte de murmure errant grignotait néanmoins avec entêtement. Me guidant sur ce bruit, je rôdai longtemps avant de comprendre qu'une source coulait dans les parages. Ce gazouillis agreste, naturel, paisible, qu'il me parut étrange ! Presque effrayant. Je courus à l'endroit d'où il s'élevait, et je découvris, creusée au milieu d'une chaussée de pierre, une cuvette débordante dont l'eau allait se perdre au loin, librement. Je me penchai dessus, attiré par la force de sa limpidité. J'éprouvai l'envie d'y boire pour éteindre le feu qui me brûlait encore la gorge et la poitrine. Incliné sur le miroir frémissant – pur à en être invisible – je vis s'y balancer mon image, qui se brouilla aussitôt et prit l'aspect des effigies plantées à l'entour. Au même instant, l'eau rougit. Je sus que c'était du sang, mon sang ! Lequel se mit à s'écouler comme l'eau le faisait, une seconde auparavant, mais sans produire le même murmure. Le bruit en avait changé !

Une pensée atroce s'empara de moi :

« Je viens d'être réduit en réplique de pierre ; mon sang s'en va sous mes yeux. »

Je soupçonnai seulement alors ce qui avait dû se passer dans cette ville. La malédiction qui s'était abattue sur sa population me frappait aussi.

D'abord, je ne fus pas certain que je pusse bouger. Pourtant, au premier essai, il me fut possible non seulement de me relever mais encore de marcher, et une autre pensée me traversa.

« Il y a deux hommes qui viennent d'être séparés en moi : l'homme d'eau et l'homme de pierre. »

Avant même que cette constatation ne s'imposât à mon esprit dans toute son évidence, une colonne se mit à chanter sur mon passage. Je me retournai pour l'examiner. Elle, tranquillement, pivota et continua à lancer son chant dans la direction opposée. Une nouvelle pensée qui formait un chaînon naturel avec les deux précédentes m'assaillit :

« Trois hommes en moi viennent d'être séparés : l'homme d'eau, l'homme de pierre et l'homme de vent. »

J'avançai encore un peu, me promenai parmi les frustes, quasi minérales figures enfonçant leurs racines dans la plaine qui fuyait à perte de vue. Le sang de la source arrivait sur mes talons et me suivait partout. Je m'immobilisai, essayai de réfléchir. Et moi de pierre demeura là.

Le bruit de la source reprit et s'entendit plus loin. Un ruissellement transparent couvrait à nouveau les dalles ! Il venait lécher les pieds de moi de pierre ; et moi d'eau partit avec l'eau.

Je ne quittai pourtant pas cet espace habité. Moi de vent volait au-dessus de la cité endormie. Il dessinait des cercles de plus en plus étendus sur son sommeil dérouté par le soleil déclinant autour de la colonne chanteuse...

Et moi de vent gagna les profondeurs vives du ciel.

J'eus instantanément la perception de l'homme de vent en quoi j'avais été transformé, et de l'être de feu qu'il était aussi, et je sus de même qu'aucun obstacle ne serait plus assez fort pour m'arrêter ou me détourner de ma recherche, désormais.

– Nul sortilège, triomphais-je, ni pouvoir !

Ce qui subsistait de moi était inévitablement promis au bonheur. La circonstance se préparait depuis longtemps en quelque lieu, comment dire ? privilégié !...

Ardent et velouté, le feu qui avait pris ma place s'épurait dans l'espace. Un fil d'une longueur infinie, tendu. Et moi courant dessus. Persuadé qu'au bout, je rejoindrais Radia.

C'était à peine si je discernais les contrées survolées. Plutôt que dans de la terre et des roches, pétries dans des métaux, elles jetaient de sombres reflets. Comme l'aspect en devenait d'une sourde ductilité, je supposai que je me rapprochais d'un foyer central. Une blanche aurore étincelait, tremblant aux confins. Tantôt elle se confondait avec la ligne d'horizon dont elle faisait palpiter l'orbe, tantôt annonçant un soleil inconnu, elle en émergeait sans consentir à se lever tout à fait.

Quelques nuages tortillés, cotonneux, dormaient très haut dans le ciel. Éclairés par la lumière frisante, ils donnaient l'impression d'avoir été oubliés là. L'air était serein et ne trahissait aucune chaleur. Parvenais-je ou non au foyer ? Tout ce qui existait s'y consumait-il ?

J'arrivai en vue de la mer. C'était elle que j'avais prise pour la source de lave dont les flammes léchaient les parois du ciel. La mer !... et le soleil qui n'avait pas encore percé les vagues sous lesquelles il était enfoui. Un air de départ habitait, gonflait l'eau qui frissonnait de toutes ses écailles. Le crépuscule dont elle se couvrait rendait cette sensation encore plus vive... Mais surtout la présence d'un bateau, de toute évidence, prêt à appareiller, et qui dominait la plage de sa haute silhouette.

Le sable que je commençai à fouler se dérobait sous mes pieds.

« Il n'attend que moi », pensai-je en souriant au navire.

Me dirigeant vers lui, quelle ne fut pas stupéfaction d'entendre s'en élever le chant entonné tout à l'heure par la colonne ! Il partait, indubitablement, d'un des ponts. Et puis je vis glisser sur l'eau une petite embarcation conduite par un nautonier noir. Elle venait me chercher.

Sitôt que l'esquif eut touché la grève, je sautai dedans. Pendant qu'il s'en retournait vers le vaisseau, il me sembla distinguer le rivage opposé et, dessus, une immense cité dressée dans un poudroiement de lumière. Je considérai, éberlué, les lignes ténues de cette ville radieuse, écoutai le chant qui filait parmi les gréements du bateau, et j'eus pour de bon la prémonition que *là-bas* était le but ultime, *là-bas* était Radia, avertie de mon arrivée, et qui m'attendait.

Alors je murmurai en réponse à la captivante, l'insondable nostalgie de ces vocalises :

Berce mon corps, dissous mon ombre
Dans une clairière diurne,
Toi qui as rompu mille rêves
Pour t'éveiller sous ma poitrine,

Dans une clairière diurne,
Un territoire de hasard,

Un tremblement léger de feuilles
Ou un feu dispersé au vent,

Et l'autre flamme qui rassemble
Une architecture de brume
Loin sur les vagues de la mer
M'accueillera peut-être un jour.

Dès que j'eus posé le pied sur le premier pont, le bateau frémit et commença à dériver sans qu'une trace dénonçât une présence à bord, sans qu'une manœuvre eût été exécutée, et sans bruit. Rien ne vivait là-dedans, à l'exception du chant qui, lui, ininterrompu, remplissait l'espace. Je me trouvai ensuite au milieu d'une coursive, toujours seul. S'interposant devant moi, la masse du bâtiment me masquait la ville lointaine. Je cherchais à atteindre la proue d'où j'espérais bien l'apercevoir et, à l'instant où j'accédais au pont avant, une femme apparut. Plutôt, elle me fit l'impression d'être à cette place depuis longtemps, et que c'était moi qui ne l'avais remarquée qu'alors. Mon sang battit violemment à mes tempes. Ses regards étaient obstinément attachés sur la cité incandescente.

Je n'avançai plus et m'astreignis à conserver mon sang-froid. Le chant s'arrêta d'un coup. Le navire voguait maintenant vers le large, et l'unique bruit dont on eût conscience provenait des vagues déchirées par l'étrave.

La femme se tourna lentement vers moi. J'entrai dans une espèce de sommeil éveillé d'où je la vis sourire, d'où j'interceptai son sourire. Radia ? Hellé ? Ses yeux demeuraient fixes et m'enveloppaient d'une pâle lumière.

Je ne savais qui, des deux, elle était. Je pressentais seulement en elle la maîtresse du bateau et saisissais la signification de notre voyage. Je songeai :

« Cessent les épreuves, s'éloignent les embûches... »

Je ne bougeais pas, je ne m'approchais pas.

Elle dut se douter de ce qui se passait en moi. Elle me tendit la main.

Ses deux visages, dans une ambiguïté continue, oscillaient entre une jeunesse presque agressive et l'affirmation d'une souveraineté affranchie des ans sans que rien dans leurs changements s'opposât ou entrât en conflit. La régularité des passages de l'un à l'autre me jetait, moi, dans un dépaysement qui ne m'accordait pas de rémission, et me déracinait.

Le constant et imperceptible ébranlement logé dans ses fondations faisait accéder le navire à une stabilité d'un ordre supérieur et plus parfaite que celle de l'immobilité. Soutenu par le glissement sans faille, une main de Radia-Hellé dans la mienne, je ne pouvais recevoir ou désirer bonheur plus grand.

C'était pourtant le contraire d'un voyage.

Radia-Hellé s'appropriait mon âme étonnée et je me prenais à évoquer ses visages comme si elle n'eût pas été devant moi.

C'était le contraire d'un bonheur.

Tour à tour, le navire chantait et parlait pour soi comme lorsqu'on tente de repousser une frayeur sans visage et sans nom. Assise, un genou plus haut que l'autre, et baignée par la clarté du soleil levant que lançait vraisemblablement, de l'autre rivage, la ville – invisible pour moi, de l'endroit où je me trouvais –, Radia-Hellé passait ses doigts avec distraction dans sa chevelure. Elle en retenait et parfois étirait quelques fils qui emprisonnaient alors de lointaines irisations et s'allumaient. La partie de son corps cernée par cette nouvelle aube fut gagnée aussi par le feu. Puis celui-ci dévora, porta au blanc tout ce qui d'elle était resté dans l'ombre et en fit bientôt une statue translucide.

Comme si elle n'eût attendu que cela, elle se libéra de ses songes. Elle se leva, se pencha au-dessus du bastingage pour chercher, eût-on dit, à lire dans les flots lisses. Inclinant la tête de mon côté, elle me jeta un regard dans lequel, tout d'un coup, nul espoir ne m'était laissé. À cela, je reconnus être parti sur ce navire avec Hellé, et non avec Radia ainsi que j'avais essayé de le croire. Hellé armée de gloire, Hellé nimbée m'emmenait sur l'autre versant, à la ville de lumière, me conduisait à la ville sans nuit.

Elle me dévisageait encore, quand je fus effleuré par la sensation d'une double présence sur le bateau. Libéré alors du charme qui m'enchaînait, je vis une forme humaine se projeter à une distance exactement égale à celle qui me préservait de Hellé. Radia ! Une étoile à trois branches lui garnissait le front qu'elle tenait haut, et ses regards, inflexibles, étincelaient.

Entre les deux femmes, s'engagea dès l'abord un dialogue aussi impitoyable qu'un duel à l'arme blanche. Elles s'interdisaient, l'une comme l'autre, de proférer le moindre son. Rien que des paroles muettes pensées dans une tension qui lacérait l'air, le râpait, le rendait cuisant.

– Je lui ai donné le globe d'anneaux, formula Radia à la fin.

Un rire féroce secoua Hellé qui fut sur le point de lui répliquer, puis se retint.

Elle étudiait l'expression de son adversaire par-delà les mondes infinis qui les séparaient. Si semblables étaient-elles en ce moment qu'en regardant celle-ci j'en oubliais celle-là, et croyais voir deux fois la même femme.

Sans se départir de son air hautain, elle déclara alors :

– Je m'en étais doutée. Il mourra.

– Il faut d'abord que je sois détruite, répondit Radia vivement.

– Iven Zohar n'existe presque plus, il est déjà deux : l'un qui a reçu le globe d'anneaux et l'autre qui m'a rencontrée.

En pensée, j'ajoutai : « Et il est trois aussi, l'homme de pierre, l'homme d'eau et l'homme d'air. »

Les yeux de Hellé s'étaient transformés en un long cimeterre de feu.

– Il n'est déjà presque plus.

Je m'assombris après avoir entendu cela.

– Qu'est-ce à dire ? s'enquit Radia.

– Je l'ai séparé d'avec lui-même... pour le réconcilier.

Et de rire. Je tressaillis et cherchai qui, d'elle ou de Radia, avait ri de la sorte. Le rire s'éteignit, et je ne pus le savoir.

Ainsi enregistrais-je une conversation de laquelle mon sort dépendait et y restais-je cependant étranger. Morcelé, oui, je l'étais déjà.

« Tu es la plus puissante et la plus habile, la plus infernalement habile », constatai-je en surveillant Hellé.

La défaite que Radia semblait se résigner à accepter, m'ulcéra ; toute mon énergie me revint. J'avais appris ce qu'il en coûtait de tomber sous le pouvoir de Hellé. Pour rompre les barrières mystérieuses qui m'isolaient de Radia, je rassemblai mes forces, concentrai ma pensée.

Je ne parvins à établir aucun échange avec elle mais je l'entendis reprendre :

– Tu ne l'es pas encore assez ! Je vivrai ou mourrai avec Iven Zohar.

Ces paroles continuaient ma propre pensée.

– La mort, prononça Hellé. Qu'y a-t-il au fond de si terrible à cela ? Ce qui lui arrivera, ce sera de perdre, indépendant de moi, toute possibilité d'être. La mort ne signifiera pas plus, pour lui, elle ne sera pas autre chose. Il ne s'apercevra pas du passage qui fera de lui une part de moi-même. J'aurai raison de toi. Je réduirai à néant les espoirs que tu as fondés sur le globe d'anneaux.

Le globe d'anneaux ? L'altirostre l'avait ravi et emporté, hélas !

Mais le flux tiède, familier et doux, recommença à me réchauffer. Le soleil enfermé dans le double anneau dardait ses rayons au centre de l'étoile à trois branches que nous formions ! L'altirostre l'avait restitué, ou rapporté ! Il en était peut-être le gardien... J'y vis un signe d'espoir, un gage de salut.

Hellé arqua son corps et bondit avec la promptitude de l'éclair. Mais à l'instant où elle se trouva en contact avec le globe d'anneaux, elle s'évapora. Je toisai Radia et me demandai ce qui pouvait à présent la différencier de Hellé, pour laquelle je n'avais pas souhaité une fin aussi brutale.

Ahuri de l'avoir vue succomber, je m'interrogeai sur cette déroute : en était-ce bien une, aussi réelle qu'il y paraissait ?

À la même place, toujours sans faire un mouvement, j'observais.

D'une démarche précautionneuse, toute d'irrésolution, Radia se rendit à l'endroit où Hellé se tenait auparavant en ayant l'air d'écouter quelque chose au loin. Moi, elle avait pris le parti de me laisser à l'écart de tout cela, notais-je. Non, elle n'écoutait pas : secrète, elle tendait ses forces. Le même courant qui avait précédemment arraché l'air passa. Les lumières de la ville sans nuit se mirent à décroître très vite, la ville elle-même se brouilla et se retira de notre champ de vision. On eût dit qu'il n'était plus nécessaire maintenant qu'elle demeurât là, que, pour quelque raison cachée, il valait mieux pour elle qu'elle émigrât. Une obscurité sans faille nous enserra où il n'y eut plus de vivant que le chuintement soyeux de l'eau.

Alors Radia parla à l'ombre.

– Il n'y a que toi qui sauras ce qui est arrivé. Tu resteras scellée sur ta puissance.

Le rire froid qui fusa des ténèbres en réponse à ces mots ! Il s'éteignit d'une façon si abrupte que je fus persuadé d'avoir plutôt entendu un cri d'horreur, un râle. Un vertige me prit. Par un effort de volonté extrême, je maintins toute mon attention fixée sur le double anneau. Je titubais mais luttais. Battue, Hellé n'en continuait pas moins à triompher par ses sortilèges.

Dans le noir total où la mer aussi bien que le navire s'étaient enfoncés, une lueur flottante, timide, se piqua à trois pas de moi. Elle clignota, puis se déploya, épousa la forme d'un corps de femme couché ; le torse se sépara en deux longues jambes. Je reconnus Radia étendue sur le pont. C'était aussi l'aurore, les flammes du réveil. Des souffles gonflés de parfums passèrent ; sur nous et autour de nous, tout se fit frisson, fraîcheur, accalmie. J'avançai d'un pas et le jour monta d'un degré. Mais il n'y avait, pour lui fournir sa clarté, que le corps de Radia. Un autre pas, et le jour se fit plus blanc. Non seulement plus blanc, mais éblouissant, criblé de rayons. Il se modela sur moi, m'enferma dans une flamme éclatante, une tulipe de feu. Dans la vivacité de ce nouveau matin, la mer se souleva en une colline où se dessinèrent une fois de plus les formes de Radia. La tulipe de feu me libéra après m'avoir hissé au sommet. Je m'allongeai à même l'herbe et m'abandonnai à cette paix comme quelqu'un qui aurait eu du temps à gaspiller ! Une rivière coulait sur les flancs de la colline. Mes mains rêvèrent de cheveux, d'épaules, de hanches. Aussitôt le corps de Radia renaquit, sa blondeur ressuscita sous mes yeux, habillée d'ardente grâce. Ce ne fut qu'une brève flambée. Dans l'intervalle, le jour ayant rejeté les vagues et les brumes qui s'étaient accumulées autour de la colline, la terre se couvrit de paysages naïfs hantés par le bleu du ciel.

Ce fut après, bien longtemps après, quand la tulipe de feu eut perdu tous ses pétales, que j'aperçus un sombre oiseau volant à grands coups d'ailes et perpétuant un souvenir de mer et de navigation. Je pressentis que mes épreuves n'étaient pas finies.

Elle réapparut, assise au sommet de la colline dans la même attitude que – tout à l'heure, ou dans une autre existence ? – sur le bateau. Le visage tourné vers le soleil, ne me présentant que le profil gauche. D'un geste distrait, elle empoignait sa longue chevelure, la soulevait et la laissait se répandre lentement et prendre feu. Dès qu'il se fut empêtré dans la nerveuse et avide gerbe, le soleil ne put se libérer. La nuit tomba une fois encore sur le monde, épargnant la seule silhouette cuirassée de lumière de Hellé.

Sans daigner m'accorder un regard, elle dit en persévérant au jeu qui la couronnait d'une folle nimbe :

– Il est malheureux que tu aies songé à te défier de moi. J'en suis si étonnée que je ne puis m'empêcher de croire à un malentendu. Ni toi, ni l'autre, ne m'aviez envoyée bien loin. Mon retour doit pouvoir dissiper tes suspicions. Je suis certaine que tu me rendras justice. Il y a eu un malentendu...

Elle me fit face et planta ses regards sur moi. La colline se mit à glisser dans la nuit. La nuit redevint flots et marées. Nous nous retrouvions à bord du navire, elle, assise à la proue, éclairée par la fausse aube de la ville-nova dispensant ses lueurs de l'autre rivage, et moi, incapable de détacher mes yeux de ses lèvres légèrement écartées, de ses yeux étrangers. L'idée d'une menace, des pressentiments, pouvaient faire leur chemin dans mon esprit. Je les repoussais, assoiffé que j'étais maintenant d'assurances. Hellé triomphait-elle de moi, et n'y avait-il que cela de sûr ? Soit. Je l'acceptais, avec au surplus une exaltation qui m'était à moi-même incompréhensible. Je ne me défendrais pas.

– Un piège ? m'enquis-je toutefois.

– Avant : oui. Plus, à présent. Mais l'amour continue à adopter le schéma d'un piège.

– Hellé, je sens naître en moi comme une parole nouvelle.

– Parole : reconnaissance.

– Reconnaissance pour quoi ? Reconnaissance de quoi ?

– Sur les esquisses d'hier, une réalité tout autre circule ; sous les mêmes formes, s'engage une signification différente.

– Hellé, m'aimeras-tu ?

– Toi et moi ne sommes qu'une seule image se regardant de part et d'autre du miroir de mes yeux.

– Tu es venue vers moi, Hellé !

– J'étais en toi, Iven Zohar.

– Où avais-je pu te rencontrer, où avais-je pu te voir ?

– Partout ! Partout où tu étais !

– Quand cela a-t-il commencé ?

– Le jour de notre mariage. Et...

– Je me suis marié avec Radia !

– Mais c'est moi qui ai ouvert les cinq étoiles de sang dans ta poitrine.

– C'est Radia qui m'a donné le double anneau !

– Mais la ville-nova, c'est moi.

– Radia m'a guidé !

– Mais c'est moi que tu as rencontrée partout.

– Là où arrivait Radia, tu t'effaçais !

– Je me transformais, mais je demeurais autour de toi, en toutes choses.

– Pourquoi cette fascination ?

– Pour te permettre de parcourir le labyrinthe au bout duquel tu te retrouveras ; pour changer le labyrinthe en route droite devant tes pas.

– Où me retrouverai-je ? Dans quelle contrée ?

– Dans la ville de lumière.

– Je n'y parviendrai jamais !

– Je t'y transporterai.

– Mais je ne serai plus.

Hellé souleva sa chevelure et la fit s'envoler en flammèches incandescentes autour de sa tête. Tout semblait avoir été dit.

Le bateau continuait à glisser dans les ténèbres.

Longtemps, je sondai l'obscurité qui nous aspirait avec une infinie douceur, puis je me dis :

« Quelque part dans cette obscurité, une ville luira quand le sommeil m'aura clos les yeux : une cité sans nuit qui... »

Je suis entré dans la ville-nova les yeux ouverts.

Elle était éclairée comme pour une fête. Mais, personne dans les rues. Bien qu'assez basse, la lumière, qui devait sourdre de chaque pore des pierres, était si unie et conférait un aspect si immatériel à toute cette architecture qu'il n'y avait pas de place où le regard pût se reposer, de détail où il pût s'accrocher.

Les habitants ?...

Quelque chose m'avertissait qu'ils étaient là, qu'ils vaquaient comme à l'ordinaire à leurs occupations, au-delà de ces murs. Cependant en quelque endroit où je me sois placé, je suis demeuré séparé d'eux. J'ai buté de toutes parts sur des façades, des parois, des frontons, des portes.

« Elle est perdue ! » ai-je pensé. La ville. Mais aussitôt, je me suis ravisé ; il aurait fallu dire : « Je me suis perdu ! » Ce n'était pas encore cela. « Hellé est perdue ! »

La ville flamboyait pour un hôte arrivé trop tard. Dans un suprême effort de lucidité, j'ai entrevu la vérité : elle existe ailleurs. Un ailleurs dont les murs, les portes que voici, sont autant de frontières, autant de remparts infranchissables. Je suis dans la cité-Hellé.

– Hellé ! me suis-je mis à crier à la cantonade.

– Hellé ! m'a répondu un âpre rire.

Puis, tel un cillement, un brusque éclat a attisé la ville, et la lumière étourdissante qui a submergé les rues s'est resserrée sur moi. Comment lutter contre la lumière ? Quelle pitié espérer d'elle ? L'aimer follement. S'offrir à elle.

Les murs se sont enroulés et rapprochés, vibrant impétueusement, resplendissant. Ils ont fini par composer un symbole, ou ce que je crois en être un ; figure, parole incertaine, qui semblait vouloir m'apprendre ceci :

« Tes yeux voient l'écriture de l'amour. C'est le sceau à jamais fermé, le lieu à jamais interdit. Tes yeux voient l'écriture de la mort. »

Depuis, je n'ai cessé d'être en observation, je n'ai cessé de subir un examen. C'est toujours le même, d'une espèce particulière, qui ne laisse pas de l'apparenter à celui des chambres de supplice. Depuis, le symbole de la cité-Hellé est resté sans relâche fixé sur moi ainsi qu'un regard. Je n'avais pas entendu, avant cela, langage proclamé avec autant d'intensité. Mais la vie n'est pas toujours notre vie, elle est sommeil succinct dans les schistes, dissolution dans les eaux ; immobilité et écoulement ; nuit. Il doit en être ainsi, de toute nécessité. – En sécurité pourtant, me voici en sécurité. Aspergé de ce sang qui s'écoule de ma poitrine, de mes lèvres, de mes yeux, sang dont j'ai le goût à la bouche, l'odeur aux narines, je t'appelle parfois, Hellé, et ne reçois jamais de réponse.

Il n'y a pas de réponse. Mais il y a une autre vie. Au-dedans de moi, elle s'étire, tendre pellicule, recouvrant un printemps en train de reverdir. Je vais déboucher sur le paysage qui veille derrière tous les autres ; il chemine à travers toi, Hellé. Je te dédie cette dernière pensée. Combien de temps m'aura-t-il fallu pour aller de Radia à toi !

– Qui, sur la rive sauvage, qui parle de cours du temps !

Le rire fou de Hellé s'est répercuté d'un bord à l'autre du monde.

DU MÊME AUTEUR

La Grande Maison
roman
Seuil, 1952
et « Points », n° P225

L'Incendie
roman
Seuil, 1954
et « Points », n° P952

Au café
nouvelles
Gallimard, 1955
Sindbad, 1985
Actes Sud, 1996
et « Babel », n° 210

Le Métier à tisser
roman
Seuil, 1957, 1974
et « Points », n° P937

Un été africain
roman
Seuil, 1959
et « Points », n° P464

Baba Fekrane
contes
La Farandole, 1959

Ombre gardienne
poèmes
Gallimard, 1961
Sindbad, 1984
rééd. La Différence, 2003

Qui se souvient de la mer ?
roman
Seuil, 1962, 1990

Le Talisman
nouvelles
Seuil, 1966
Actes Sud, 1997

La Danse du roi
roman
Seuil, 1968, 1978

Formulaires
poèmes
Seuil, 1970

Dieu en barbarie
roman
Seuil, 1970

Le Maître de chasse
roman
Seuil, 1973
et « Points », n° P425

L'Histoire du chat qui boude
contes
La Farandole, 1974
Messidor/La Farandole, 1980
Albin Michel Jeunesse, 2003

Omneros
poèmes
Seuil, 1975

Habel
roman
Seuil, 1977

Feu beau feu
poèmes
Seuil, 1979
rééd. La Différence, 2001

Mille Hourras pour une gueuse
théâtre
Seuil, 1980

Les Terrasses d'Orsol
roman
Sindbad, 1985, 1990
rééd. La Différence, « Minos », 2003

O Vive
poèmes
Sindbad, 1987

Le Sommeil d'Ève
roman
Sindbad, 1989
rééd. La Différence, « Minos », 2003

Neiges de marbre
roman
Sindbad, 1990
rééd. La Différence, « Minos », 2003

Le Désert sans détour
roman
Sindbad, 1992

L'Infante maure
roman
Albin Michel, 1994

Tlemcen ou les Lieux de l'écriture
essai
Revue Noire, 1994

La Nuit sauvage
nouvelles
Albin Michel, 1995

L'Aube Ismaël
poème
Tassili Music, 1995

Si diable veut
roman
Albin Michel, 1998

L'Enfant-Jazz
roman
La Différence, 1998

L'Arbre à dire
roman
Albin Michel, 1998

Le Cœur insulaire
roman
La Différence, 2000

Comme un bruit d'abeilles
roman
Albin Michel, 2001

L'Hyppopotame qui se trouvait vilain
contes
Albin Michel Jeunesse, 2001

Voyage en France
L'Atelier du roman, n° 31
Table ronde, 2002

L.A. trip
roman en vers
La Différence, 2003

Simorgh
roman
Albin Michel, 2003

COMPOSITION : NORD COMPO À VILLENEUVE-D'ASCQ
IMPRESSION : NOVOPRINT
DÉPÔT LÉGAL : MAI 2005. N° 81324
IMPRIMÉ EN ESPAGNE